GENTOSHA OUTLAW BUNKO

喜びは悲しみのあとに

上原　隆

幻冬舎アウトロー文庫

喜びは悲しみのあとに

目次

おもしろいこと、なにもない
自分は、ほんとうに自分のゲームを
していない
誰もがみんな、そんなふうに思ってる
ねえ、でもこれだけはいえる
完璧な人生なんてありえない
だから喜びや悲しみを経験するの

つらい過去を話してくれた友だちが
こういったよ
「人生でやらねばならないことなんて
案外いま、やってることだったりするのさ」

ね、あなたは暗くならないで
いまはつらいだろうけど
みんなそうしてる、あなたも大丈夫
これ知ってればくじけないよ
もう、わかったでしょう
喜びは悲しみの後にかならずやってくる

（キャロル・キング作詞「喜びは悲しみの後に」より）

小さな喜びを糧に

聡子はテープを送りながら検索した。今度は《七つの子》の頭を出した。

それは前奏のほんの出だしの部分だった。一小節も終わらないうちに、アー、アーと新が大きな声で唸りはじめた。

「ね、ね、ね」聡子は一人ではしゃいだ。

（中略）

「これは歌ってるんでしょ？」

「ああ、歌ってるな」佐竹も認めた。

「ね、いったでしょう？」聡子は勝ち誇ったようにいった。

障害をもった子が音楽に合わせてはじめて歌った。その瞬間に立ち会った聡子（探偵見習い）と佐竹（探偵）は興奮している。

打海文三《うちうみぶんぞう》の小説『時には懺悔《ざんげ》を』（角川書店）の一場面だ。

打海の書くものは探偵小説だ。『時には懺悔を』も探偵小説だから楽しんで読んでいて、途中からズシリと重い問題を突きつけられる。障害をもつ子とともに暮らすとはどういうことかを描いているからだ。障害をもつ子を捨てる母親がいるし、その母親を責めることができないと思う探偵がいる。仕方なく世話をしつづける男がいるし、めんどうをみるのは母親の責任だと主張する探偵見習いがいる。どの人物もホンネで考え行動している。だから、どの人物にも感情移入できるし、正しいのは誰だなんて簡単にはわからない。そこには、著者打海の他人に対する寛容さがあるのだと思う。

障害をもった子とともに暮らすとはどういうことなのだろう？

ホンネを聞いてみたい。障害をもった子の世話をしている人はつらくないのだろうか？仕方ないとあきらめているのだろうか？　どんな喜びがあるのだろう？　その喜びは苦労を忘れさせるほどのものなのだろうか？

打海文三（五十歳）に会って話を聞くことにした。

上野から常磐線に乗って、日立の先の川尻という小さな駅で降りた。駅から電話をすると、ワンボックスカーを運転して打海が迎えに来てくれた。私は助手席に乗った。その日は六月にしては真夏を思わせるような暑い日だった。打海はサンダルにブルージーンズ、その上に黄色のアロハシャツを着ていた。少し長い髪と口ひげ、それぞれに白いものが混ざっている。

「いつも、ここで編集者と打ち合わせをするんです」打海はそういうと、国民宿舎の駐車場へ車を入れた。国民宿舎は最近できたばかりで、レンガ色の美しい建物だった。

　自動ドアが開いて、中に入ると、冷房がきいていてヒンヤリとした。

「こっちです」打海はそういうと、奥の喫茶室に行く。

　喫茶室は一面がガラス張りですぐそこに海が見える。岩場に波が打ち寄せている。

　私たちはコーヒーを注文した。客は私たち二人だけだ。

　私は『時には懺悔を』を読み、感動したことを伝えた。打海は照れているのか、私のほめ言葉に「あ、そうですか」と答えただけだった。

　ウエイトレスがコーヒーを運んできた。コーヒーカップを置くカチャカチャという音が響く。

　打海はタバコに火をつけるとなにげなくいった。

「障害をもった子の場面は全部事実です。私の息子のことなんです」

「二分脊椎症《にぶんせきついしょう》」というのが、打海の息子の病名だ。脊椎に傷を負って生まれてくる病気だ。

　小説の中では、この子の体の特徴をこう説明している。

「背骨がひどく曲がっている。九十度近いな。両方の太股から皮膚を移植して背中の傷をふさいだらしい」

「下半身の神経は麻痺している。膝が曲がらない」

「障害者手帳には両下肢機能全廃と書いてある。手も使えない。光に反応するけれど、ほとんど目は見えない。言葉はまったくしゃべれない」


打海がはじめて息子と対面した時、息子は無菌のプラスチックケースに入っていた。子どもは二分脊椎症に水頭症を併発して生まれてきた。頭が巨大にふくらんでいる。おたまじゃくしのように大きな頭に胴と手足がついている。脳室に髄液がたまり脳を圧迫しているために、目が上目づかいになり、にらんでいるように見える。背中は血だらけで、脊椎がむき出しになっている。


すぐに、手術をしなければ命があぶない。プラスチックケースに入れられたまま、救急車で大病院に運ばれた。付き添った打海は、息子の姿をジッと見ていた。

〈むごい姿だな〉と思った。

「いままでの自分の人生で見たことないし、意識したこともなかった生きものが目の前にいるって感じでした」と打海はいう。

帝王切開によって子どもを産んだ妻は、産後も病院にいた。息子の姿を見ていなかった。もちろん障害をもった子だとは知らされていた。打海は病院に見舞いに行くたびに、妻に子どもの様子を伝え、最後にいつも「かわいい子だよ」といっていた。

妻が退院した。しかし、すぐに子どもに会いに行くとはいい出さなかった。十日たってはじめて彼女は子どもに会いたいといった。打海は妻がそういうのをジッと待っていたのだ。病院に着き、プラスチックケースの中の息子を見た時、妻は泣いた。プラスチックケースにすがって、「ごめんね、ごめんね」と何度もいった。

「そこから彼女は立ち直って、息子と向き合うようになっていったんです」と打海はいう。

病院には同じように障害をもって生まれた赤ちゃんが何人かいた。障害をもった赤ちゃんを拒否する両親もいた。まったく病院に来ないのだ。

打海はどんなふうに子どもを受け入れていったのだろう?

「頭の中では、よし、こいつと生きていくぞって、すぐに決めたんですけど、実際はなかなかね」打海はいう。「子どもの入院している病院に通っている時に、死んだ方が幸せなんじゃないかとか、そういう考えが頭をよぎるわけです。だけど、会えばかわいいなと思う時もある。たとえば、ずーっとプラスチックケースに入っていたから、抱いてみたいなって思う瞬間だってあるんです。その次の瞬間には死んだ方がいいんじゃないかって気持ちにもなる。そういうふうに気持ちが揺れ動きながら、いろいろ葛藤《かっとう》しながら、障害をもつ子が自分の人生の一部になっていく。そして、かけがえのない我が子になっていくんです」打海は自分の経験をたどり直すように、ゆっくりと話す。「息子は二カ月で退院したんですが、その後もすぐに具合が悪くなったりして、入退院を繰り返していました。家ではベビーベッドに寝かせていました。ある時、彼がいないベビーベッドを見ていたら、すごく淋しい感情が湧《わ》き起こってきたんです」

目が見えないし、言葉もしゃべれない子どもが、小さな反応を示す。それが打海と妻の喜びとなった。

「世《せい》が笑ってる」妻が叫んだ。息子の名前は世《せい》という。けいれんかもしれないと思えるようなかすかなものだったが、たしかに笑顔だった。

「そりゃ、もうホワーッて感じで」打海は右手を花びらが開くようにひろげてみせる。「ほんの一瞬、いやー、これはホント笑ってると思って、あわててカメラを取り出して写真を撮りました」

また、ある時、打海が寝ていると、妻が彼の体を揺り起こした。「世が泣いてる。夜泣きしてる」と妻がいう。いままで、一度も泣いたことのない子どもだった。「ぜったいに夢見てるのよ。泣くなんて悪い夢見たのよ」と妻はいう。「あいつが夢見るわけないだろう」と打海は答えたけれど、泣き声をあげる息子を見ながら二人はどこかはしゃいでいた。泣くという人間らしい反応を示したことに感激していたのだ。

六歳になり、小学生になった。もちろん学校には行けないが、一週間に三回の訪問授業が行われるようになった。先生が来て、歌を歌って聞かせたり、車椅子に乗せて散歩させたりするのが授業だ。

「お父さん、お父さん」と訪問授業の先生が打海を呼んだ。「世ちゃんが反応するんですよ。私が音をはずすと反応するんです」先生はカシオトーンで童謡を弾いて聞かせていた。その日メロディーを間違えて、音をはずした、すると子どもが反応したというのだ。

「嘘《うそ》だろうって見に行ったんです」打海は笑いながら話す。「頭と腰で支える椅子に座らせてたんです。先生がカシオトーンを弾くと、満足そうな顔をしている。で、音をはずすと、真顔になって、カクンって」打海は首を横に曲げる仕種《しぐさ》を演じてみせる。「先生と二人でうれしくってねー」

打海の仕種を見て、私は笑った。

排泄《はいせつ》の世話は、子どもが何歳になってもしなければならない。小便の世話については『時には懺悔を』に詳しく書かれている。

明野（世話をしている男―引用者）は、新（障害をもった子―引用者）の片脚を持ち上げて、自分の肩で支え、開いた新の股に顔を入れた。

佐竹は新の陰毛がびっしり生えているのに気づいた。

明野は慣れた手つきで新のペニスをつまみ、包皮を剝いた。小さな亀頭を露出させる。亀頭を洗浄綿で拭く。円筒状の透明の容器から細いシリコンの管を出す。蛇腹の容器からゼリーを絞り出して、シリコンの管の先端に塗る。亀頭の尿道へシリコンの管を差し込む。するすると入って行く。十センチほど残して止まる。同時に管から黄色がかった尿がチョロチョロと出てきた。それを確かめて、明野は肩から新の足を外した。

新が「アアー」と声をあげた。すると管の先端からピュッ、ピュッと尿が勢いよく飛んだ。

大便の世話について打海が語る。

「ウンチは山羊《やぎ》のフンのように固形のものがポロッと出てくるんです。それがめったに出てこない。だから指で掻《か》き出すんです。風呂に入った時がチャンスなんです。洗うのもそこでそのままできるから。私が毎晩、風呂に入ってこうやってほじくり出してたんです」

打海は人差し指を下から上に曲げてみせた。

私にはどうしてもきいておきたいことがあった。

「将来のこととかを考えると、暗たんとした気持ちにならないですか？」

打海は窓の外の海を眺《なが》めている。自分の考えをまとめているのだろう。

「なんていうかな、将来のことを考えては今日は生きられないってことなんです」打海がいう。

「ま、いろんな程度があるけど、性欲が残るとかあるんです。うちの子の場合にはまったくなかったけど、その子が思春期になった時に、悩みをもつだろう。その悩みと親はどう向き合えばいいのかとか考えたらつらくなるわけですよ。あるいは、子どもが五十歳まで生きてね、私が八十歳近くになって、ひげボーボーの五十男の息子のひげを剃《そ》ってやって、ヨボヨボの自分が車椅子を押してるっていう光景が頭をよぎる時だってあります。でも、それを考えていたら生きていけません。昨日かわいければ、この子は今日もかわいいだろうし、今日かわいければ、明日もかわいいだろう。この子が五十歳になった時も、やっぱりかわいいと思ってるんじゃないかな」

〈なるほどな〉私は感心した。障害をもった子の親だけじゃなく、誰だって昨日に今日をつなげて、小さな喜びを糧に生きている。

妻が舌ガンになり、手術を受け、顎《あご》の下のリンパ腺《せん》に転移し、再度手術を受けたために半年近く家にいなかったことがある。その間、息子の世話を打海がひとりでしていた。もちろん、三度の食事も彼がつくって食べさせていた。

「私たちと同じものを何でも食べるんです。ただし、私が一度噛《か》み砕いてから子どもの口に入れてやるんです。時間かけてね、こう噛み砕いてやってると、自分の食欲がなくなっちゃうんですよね。途中から酒なんか飲んじゃってさ」そういうと打海は声を出して笑う。彼にはおおらかさがある。「それで、食後に一曲か二曲歌ってやる習慣をつけたんです。食事が終わると、歌を歌うんです。それから、ハイ、おやすみって、布団の上にころがすんです」

「どういう歌を歌ったんですか？」私がきく。

「まあ、適当。最初、七つの子とか海とか童謡を歌ってたけど、私の方が飽きてくるでしょう。だから、早稲田の校歌とか人生劇場とか。でっかい声で、歌詞を間違えても適当に。インターナショナルも歌ったね。ハハハ」打海が笑う。

私も笑った。

子どもに向かって、

♪起て、飢えたる者よ……

と歌っている打海を想像するとおかしかった。

ウエイトレスが水を注ぎにやってきた。私たちは笑い声を抑える。

「息子は一昨年死にました。十五歳でした」打海がいう。

「そうだったんですか」私は驚いた。たぶん急に深刻な顔になったのだろう、彼はそれをとりなすように、

「いや、十五までよく生きたんですよ。奇跡といってもいいくらいなんだ」といった。

彼は腕を組んでいる。半袖《はんそで》から出ている腕に鳥肌が立っている。冷房がききすぎていて、寒いくらいなのだ。

「外に出ましょうか」私はいった。

国民宿舎の外に松林の小さな山がある。私たちはその山の散歩道を歩いている。暖かい空気に包まれて体の緊張がほぐれる。

さっきから、私は、障害をもった子が亡くなった時、親はどんな気持ちになるのだろうと

想像していた。

「ほっとしましたか？」私がきく。

「子どもが死んでほっとしたかということですか？」打海は私に質問の意味をきき直した。

〈なんてことをきいたんだろう〉と後悔したが、すでに遅かった。

「それはね、半分はあるんですよ」打海は小さく笑う。「生きている時からある程度予想はついていましたけどね。この子がある時逝けば、自分の中にポッと空洞ができるだろうっていうのと、やっと解放されたなって気分になるだろうっていうのが半々だろうって」

木杭《きぐい》で階段を作っている小道を上っていく。

「予想していたとおりでしたか？」私がきく。

「まだ、わからないね。失ったことへのつらさがすぐに出てくるものもあれば、ゆっくり出てくるものもあるでしょう」打海はそういうと、ゴホッ、ゴホッと咳《せ》きこんだ。

階段を上りきると松林が切れて、コンクリートの柵《さく》があり、眼下には海岸線が横たわっていた。遠くに向かって弓形に砂浜が続いている。右手には太平洋が広がっている。波頭の白い線が幾筋も現れては消えていく。

「海水浴場です」打海が目を細め、遠くを見ながらいう。「元気な時は海水浴が好きでね、よくここに連れてきましたよ」

「どうやって海に入れてやるんですか？」私がきく。

「こうやって抱いてね」と打海は下から抱えるように両腕をのばす。「波打ち際に座るでしょう。ザブッて後ろから波がかかる。頭から砂まじりの海水をかぶるんです。それでもいっこうに平気で、うれしそうでした、あいつは」

海からの風が吹いてくる。打海が咳きこむ。

「そろそろ、帰りましょうか？」私がいう。

私たちは駐車場に向かって歩きはじめる。私はポケットにのど飴《あめ》があるのに気がついた。

「飴食べますか？」私は彼に飴を渡した。

「ありがとう」打海が答える。

松林を抜けて、アスファルトの車道に出る。

「あの子が生まれてから」打海がボソッという。「あの子に導かれて、私はウロウロウロウロさまよって、なんか夢の中で生活してきたような感じがしてます」

車に乗ると、打海は駅に向けて車を走らせた。新しいきれいな道路が続いている。

「息子さんが亡くなって奥さんはどうでしたか？」私がきく。

「子どもの好きな歌、歌って泣いてました」打海は前を見て、車を運転しながらいう。

「どんな歌ですか？」

「海とか七つの子とか、泣きたくなったら突然でっかい声で歌って」

私は小さな駅のホームに立って電車を待っている。私以外に待ってる人はいない。目の前に緑の山が見える。私は小さな声で口ずさんで、「七つの子」の詞を思い出してみた。

ブロンクス生まれのウエイター

東京駅八重洲《やえす》口に「Aポイント」というセルフサービスの店がある。コーヒーが飲めて、食事ができて、酒も飲める。カウンターにはパン、料理、飲み物などが並んでいる。トレーを持って移動しながらカウンター内の店員に注文する。店内は広く、二階席もある。昼は旅行客、夜はサラリーマンが多い。

火曜日の午後四時。私は本屋に行った帰りに店に入った。客の入りは五割程度ですいていた。カウンター内の店員の男女（たぶんアルバイト）はおしゃべりをしている。楽しそうだ。

私はコーヒーを飲みながら、買ってきた鶴見太郎著『柳田国男とその弟子たち』（人文書院）という本を眺《なが》めていた。

ひとりの年寄りが店に入ってきた。年の頃は七十二、三ぐらいだろうか。俳優の志村喬《たかし》に似ているので、仮に志村としておく。彼がカウンターに近づくと、男の店員が「ご注文ですか？」ときいた。その声が聞こえたのか聞こえなかったのか、志村はカウンターのかたわらにボーッと立っている。答えがないので男の店員は女の店員の方を向いておしゃべりを再開した。ペチャクチャ、ペチャクチャ……。

志村が「私は目が悪いので……」と、誰にいっているのかわからないような感じでいった。男の店員は聞こえないのか、女の店員との話に夢中だ。ペチャクチャ、ペチャクチャ……。

志村は再び「私は目が悪いので……」といった。男の店員は気がつかない。

私は店員に教えようと思って立ち上がった。その時、突然黒人の男が志村の前に立った。黒人はワイシャツに黒のボウタイをつけ、タキシードを着て、黒いまえかけをつけている。身長が百九十センチくらいで、見るからに大きい。この店のウエイターだ。

志村の表情がパッと明るくなった。彼は両手で黒人の手を握ると、大きく上下に振った。

「あんたがいてよかった」志村がいった。

黒人はニッコリ笑うと、トレーを持ってきて、カウンター内の男の店員に注文をつげた。

志村はゆっくりとした足取りで歩いてきて、私の隣のテーブルに座った。少ししてから黒人がトレーを持ってテーブルに来た。トレーの上には生ビールとフライドポテトがのっていた。

「ありがと、ありがと、あんたがいて助かるわ」と志村はいって、代金を渡した。黒人はニコッと笑うと、たどたどしい日本語でこういった。

「こちらこそ、ありがと、ございます」

私はこの黒人の接客態度に感動した。そのことを彼に伝えたいと思った。

黒人が二階に行くので、追おうと思って立ち上がった。しかし、少し気後れがして、その日は声をかけなかった。

それから二週間後、店に行った。二階席に座った。午前十一時。客は少なく、店員はひまそうだった。黒人が二階席の片づけを始めたのでそばに行って声をかけた。

黒人の名前はアラスカ・ディダニス（三十歳）。米国人だ。ニューヨークのブロンクスで生まれ育った。男二人女三人の兄弟の三番目。両親は貧乏だが、子どもたちはそれぞれ自由に生きている。兄が旅行好きで東京に来ている時に、二十五歳のディダニスは遊びに来た。その時に彼はすっかり日本が気に入った。

「日本のどこが気に入ったんですか？」私はきいた。

「日本人でしょう。性格もいいし、人もやさしいし、あと、いろんな問題もない」ディダニスが答える。

「いろんな問題って、犯罪のこと？」

「ハンザイ、ナニ？」

ディダニスは「犯罪」という言葉がわからないらしい。

「人殺しとか、ケンカとか、泥棒とか、そういうのが少ないってことでしょう？」

「そうそう」

ディダニスは朝の十一時に出てきて、夜の十一時まで働いている。休みは日曜日のみ。十二時間労働は疲れるのではないだろうか？

「ひまだとね、疲れる。忙しい時はね、あまり疲れないよ。あと、日曜日にジム行ってスポーツやってるから体は元気」

給料はどんなふうに使っているのだろう？

「家賃でしょう。食べる物、着る物。貯金でしょう。それから、お母さんに少し送ってる」

「へーえ、えらいですね」

「歳《とし》だから、お金あまり使わないで死んだらかわいそうでしょう」

ディダニスは親孝行なのだ。

彼はいま、日本人の女性と同棲《どうせい》している。もうすぐ結婚する予定だ。彼女は美容師をしていて、二人の夢は店を持つことなのだ。食べ物の店だという。

「お客とつき合う仕事って好きなんですか？」私はきいた。

「好き好き好き」ディダニスから即座に答えが返ってきた。

彼は高校を卒業すると、病院で雑用のアルバイトをした。その時の仕事はちっとも楽しくなかったという。

「ここの仕事は楽しいの？」私はきいた。

「楽しいよ。人いっぱい、顔見るとうれしいよ」

ディダニスは「Aポイント」で六年も働いている。この店で働いている人の中では一番ふるい。

ウエイターをやっていてイヤなことはなかったのだろうか？

「ヤなことと？　この店でヤなことはね、売り上げが多くないと、スタッフとみんなと社長も困るでしょう。だから、もし、お客さん入って、あんまり何も買わないで、ずーっとしゃべって、ペチャクチャペチャクチャ、しゃべって、お客さん入ってきて席ないでしょう。それがちょっとヤなことね」

「そういう人は早く出てもらうように何かするの？」

「うーん。ときどきね、いうの。ときどき、がまんする。それが一番ヤね」

彼は商売熱心なのだ。

ウエイターをしててよかったことは何だろう？

「たとえば、売り上げいいだったら、スッゴイいいだったら、私もスッゴイうれしいの。あと、やさしいお客さんもいっぱいいるし、顔見たらオー、オー、オーって、久しぶりとか、ときどき、お客さん店の中、入らないの、表で挨拶《あいさつ》だけ、久しぶり久しぶり、今日はあなたの顔を見に来ただけ、とか」

　そういえば、ディダニスはよく入口のところに立って、ニコニコして行きかう人を見ている。彼に挨拶する人がいるからかもしれない。おそらく、彼の接客態度から、ディダニスのファンが何人かいるのに違いない。この前の志村のように。

「いるよ」とディダニスはいう。「おばさんとかおじさん、サラリーマン。おばさんが多いね」

「あなたが黒人だから、日本まで来てたいへんだねって思うんじゃないかな」私がいう。

「田舎から来たおばさんなんかに『がんばって下さい』とかいわれるよ」

「そういわれてうれしいですか？」

「うれしい。うれしい。スッゴイうれしいよ。がんばって下さい。だから、私もっともっとがんばるよ」ディダニスの声に力がこもる。

　私はこの前見て感動したことを話した。

「ああ、あの人、ちょっと目が見えないのね。よく来るよ」ディダニスは、ああ、あれねっていう感じで答える。彼にとっては日常のことなのだ。

「お客さんに親切なのは、誰かに教えてもらったからですか？」

「家族の中で、お父さんが毎日毎日いったの。人はね、いつ死ぬかわかんないでしょう。だから、あまりいいことしないで死んじゃったら、あなたの名前すぐ忘れちゃうでしょう。だから、いいことして、死んでも名前、まだあるようにしなさいって」

朝十一時に来るとディダニスは入口のマットに掃除機をあてる。入口近くの菓子の箱を整理する。少しずつのんびりと仕事を開始する。客が去った後のテーブルを片づけて拭《ふ》く。備えつけのフォークやナイフ、スプーン、コップをたえず補充する。昼食時に混み、さらに夜八時過ぎに混む。サラリーマンとＯＬでいっぱいになる。次々に客が入れ替わり、片づけなければならないテーブルが増える。ディダニスはちっとも焦らない。笑顔を浮かべて、サッサッサッと片づけていく。客が声をかけないかぎり、彼は黙々と働いている。

人に親切にすれば、人は自分のことを覚えていてくれる。店にも来てくれる。売り上げが伸びる。そうすれば、店で働く人たちの幸せにつながる。彼の生活信条は単純だ。その単純な生活信条がディダニスを支え、日々を生き生きとさせている。

店内で、ボウタイをつけてタキシードを着ているのは彼ひとりだ。

なぜ、彼だけそんな格好をしているのだろうか？

ディダニスはニコッと白い歯を見せて答えた。

「お洒落《しゃれ》な格好の方がいいね。ちゃんとしたお洒落は、気分がいいよ」

タイムマシーンに乗って

放課後、安田加奈は隣のクラスの山本美智代に美術室の前に呼び出された。

「お願いがあるの」と美智代は切り出した。「佐藤淳也に頼まれたんだけどー、加奈、佐藤と同じ塾に通ってんだって？」

「うん。時間帯は違うけど」加奈が答える。

「佐藤がね……」美智代は目をそむけてなかなかいい出さない。「加奈にね、塾やめてほしいんだって。オレの方が先に行ってたんだからって。加奈に頼んでくれって」

「ああ、そうなんだ」加奈はつぶやいた。

「ごめんね」美智代はパタパタと足音を残して去っていった。

中学三年生になってから加奈は小さな塾に通いはじめた。そこに佐藤も通っていた。その佐藤が、加奈に塾に来るのをやめてくれというのだ。

理由は、加奈と一緒の塾に通ってることを学年の男子に知られたら、からかわれ、バカにされ、ひょっとしたら、加奈と同じようにいじめにあうかもしれないからだという。

加奈は廊下にひとりたたずんでいる。

〈家に帰ったら、母に「教え方がよくないから、あの塾やめる」っていおう〉

誰もいない廊下を歩いている。うつむいている。校内を歩く時、加奈は顔を上げない。グリーンのリノリウムの床を見つめながら、彼女は心の中で叫んでいた。

〈誰か助けて！〉


安田加奈がいじめられはじめたのは中学一年生の五月頃からだった。最初は黒板に落書きがしてあった。

「安田きもちわるー」

加奈はその文字を見た時、カーッと耳たぶまで真っ赤になるほど恥ずかしいと思った。誰が書いたかはわからなかった。

先生は何もいわずに黒板の文字を消した。

それから次々にいじわるをされるようになった。

学校に行くと、自分の椅子がなくなっていた。先生が来るまで立っていて、先生に「椅子がないんですけど」といった。別の教室から椅子を持ってきた先生はクラス全員に「くだらないいたずらはするな」とだけいった。

机に文字を彫られた。「バーカ」

廊下で別のクラスの男子とドンとぶつかった。「やっべー、安田にさわっちゃったよー」と男子が大声でいった。「安田菌」「安田菌」と友だちがはやしたてていた。

学年の男子全員、百五十人が自分をいじめはじめていると知った。

中学一年、二年、三年と、クラス替えがあっても、担任の先生が替わっても、いじめは続いた。

加奈は親に相談しなかった。学校でいじめられても、家に帰れば親は普通の子として扱ってくれる。ホッとする。家にまで学校の雰囲気を持ちこみたくないと思ったからだ。

雨の日、帰ろうとしたら、昇降口の傘立てに自分の傘が横にして置いてある。真ん中から半分に折られていた。学校のゴミ箱に捨てるのは恥ずかしいので、折れた傘を持ち、雨に濡《ぬ》れて帰った。途中のゴミ収集場所で捨てた。「誰かにもっていかれちゃったみたい」と母親にはいった。

試験の日、机の上に出していいのは鉛筆と消しゴムだけ。休み時間にトイレに行って帰ってみると、出していた二本の鉛筆が真ん中から折られていた。鉛筆をゴミ箱に捨てた。

体育の授業の後、教室に帰ってみると、かばんの口が開いていた。国語の教科書の二十ページから三十三ページまでがビリビリに破られていた。紙切れを集め、一ページずつセロテープで修復した。

あらゆるところに落書きがある。屋上入口の壁に「安田バーカ」、校舎の外側の壁に大きく「ヤスダ、ブス、シネ」、教室の柱に小さく「安田きもちわるー」、消したいけれど、自分で消すなんてみじめで恥ずかしい。でも、誰も消してくれない。

歩いていても、食事をしていても、お風呂に入っていても、イヤーな気分が胸をしめつける。テレビでタレントのさんまが面白いことをいい、父も母も兄も笑っているのに、自分だけが笑っていなかった。

自分の部屋に入って勉強をする。左手で髪をさわる。一本の毛がちょっと傷んでるなと思って抜いた。それが知らず知らずのうちに癖になり、一晩でオムレツぐらいの髪の山ができあがるようになっていた。

突然胃痛におそわれるようになる。じーっとして三十分ぐらいがまんしていると痛みは去る。

手当たり次第にマンガを読む。マンガを読んでいる時だけがイヤな気分を忘れられる。現実逃避だ。ただし、マンガの中に「ブス」という言葉が出てきただけで、そのマンガを放り出す。

夜、布団に入って、目をつぶって思うことはいつも同じ、

「このまま、明日が来ませんように」

休み時間に席を立たないようにした。いない間に何をされるかわからないからだ。トイレをがまんした。慣れてきて学校でトイレに行くことがなくなった。

美術で描いた絵が貼《は》り出された。翌日破かれていた。それ以来、絵でも習字でも貼り出されると破られるので、〈貼り出さないで〉と願うようになった。

学校への行き帰りの道で、男子生徒の集団に会うと、必ずののしられた。「ヤースダー、バーカ」「ブース、死ね」「安田菌」「学校来るな」彼らに会うのがイヤで、時間を早くしたり、コースを変えたりした。一度でも男子に会ったら、別の道を探す。毎日下を向いて、ビクビクビクビクしながら歩いている。

「バカ」と「ブス」これが加奈に投げつけられる二大用語。「バカ」に対しては、男子より勉強して見返してやろうと思った。「ブス」に対しては、「整形手術する以外に逃れようがない」と加奈は考えた。

風呂場に鏡がある。加奈は風呂に入るとすぐに鏡を後ろ向きにする。そのまま出る。父親がいった。「どうしてお前の後に入ると鏡が後ろ向いてるんだ」

ある朝、開店と同時にデパートに入った。店員が並んでいて、いっせいに「いらっしゃいませ」という。それがうれしかった。いつも学校では「来るな」なのに、ここでは「いらっしゃいませ」といってくれる。それ以後、加奈は「いらっしゃいませ」といってくれるところが好きになった。喫茶店に入るようになったし、ブティックにも入る。眼鏡屋にも行くし、かばん屋にも入る。

学校の階段を女友だちと上がっていくと、上から男子三人が降りてきた。すれ違いざまに「ブス、死ね」といった。何度もいわれたが、いわれるたびに加奈の心臓はキュッと縮まる。友だちが加奈の腕を握り「加奈、気にしない」といった。教室に入ると、その友だちがこういった。

「ああ、私、加奈じゃなくてよかった」

テストがあると加奈はいつもクラスで三番以内に入っていた。必死で勉強したからだ。クラスの人たちが受からないような高校に行くのだ。それが加奈の希望だった。

〈時間だけが私の味方だ〉と加奈は思っている。一年生の時は、あと二年とちょっとと思ったし、二年の時はあと一年とちょっとと思った。いまは、あと半年だと思っている。ちょうど、小学校の時に通っていたスイミングスクールと同じだと思う。あと五十メートル、あと二十五メートル、あと十メートル。どんなに苦しくても終わりはある。

彼女の頭の中にはいつもこんなイメージがある。後ろからモノを投げながらみんながすごい勢いで追いかけてくる。彼女は全力疾走で逃げている。逃げる。逃げる。逃げる。
加奈はノートに詩のようなものを書いている。最近書いたのはこんな文章。

何か一度きりのことなら何も恐がることはない。
それがそれっきりで終わってしまうのなら。
けれども持続するものなら恐い。
自分が関係しながら続くことなら、とても恐い。
その恐さを打ち破るにはどうしたらいいだろう。
きっとそれはとてもつらいものになるだろう。
私は眠れない不安を捨てるために恥をかくだろう。
不安は私をこわす。
恐れることは私をつぶしていく。
救いの手はどこにもないと知りながら
胃をこわばらせながら祈るだろう。
誰か助けて！

　この話は九年前のことだ。私は、二十三歳になった安田加奈に会って話を聞いた。聞いているうちに、つらい気持ちがひたひたと押し寄せてきて、彼女が十四歳の少女に見えてきた。

　その後、彼女は高校生になり、いじめとは無縁な楽しい日々を過ごした。友だちもたくさんできたし、恋愛もした。現在、彼女を美しいといい、結婚しようといってくれる恋人もいる。

「時間だけが私の味方だ」と安田加奈はいっていた。そしてそれは正しかった。

　中学生の頃を思い出して話している途中で、二十三歳の安田加奈はこういった。

「ああ、タイムマシーンに乗って、あの頃の自分に教えに行きたい。大丈夫だよって」

ロボットの部屋

ガイキング、ボルテスV、ゴッドシグマ、ゴーディアン、ゴライオン、ダイデンジン、ゴッドマーズ……。

「超合金」といわれているロボットのオモチャの名前だ。

十頭身の体。頭には武器となる角があり、手足は関節でくびれている。関節のところではずして、曲げたりたたんだりすると、車や武器や飛行機になる。合体ロボットなのだ。

赤、青、黄、銀でハデに彩色されている。もっとズシリと重い。大きいもので三十センチ、小さいと十センチ程度だ。

このロボットたちが、ガラス戸の棚の中に卒業写真のようにギッシリと並んでいる。棚は全部で五段あり、どの棚もロボットで埋まっている。およそ五百体近くある。

ここはオモチャ屋ではない。博物館でもない。ごく普通の青年の部屋だ。この部屋の主《あるじ》の名前は、小林満（二十六歳）という。

小林はオモチャ関係の仕事をしているわけではない。政府系広報を中心にしたPR会社に勤めている普通のサラリーマンだ。身長百八十センチと体は大きいが、顔はペコちゃんのようなベビーフェイスだ。

彼はいま、ベッドに座ってゴーグルロボを分解している。

「足の方がこんなふうにトレーラーになって、胴体は前と後ろにわかれるんです」小林は私に説明しながら、カチャカチャとロボットの部分をはずしたり、折ったりしている。「ほら、前はジェット機で、後ろは車になったでしょう」

四畳半の部屋は、ベッドと棚だけでいっぱいだ。ベッドの頭の方に棚がある。毎日、小林はロボットたちに見守られて暮らしている。

ベッドの足元にプラスチックでできた高さ六十センチもあるロボットが置いてある。

「これは、コンバトラーVです。幼稚園の時に買ってもらったんだけど、これはこんなふうにして……」彼はロボットの足を足首のところから前に曲げ、胸から車を取り出すと、ロボットをうつぶせにした。

「この上に乗れるんです。乗って遊びましたよ」

幼稚園の頃のオモチャを二十年以上たったいまも大切にもちつづけている。

なぜ、小林はこれほどオモチャのロボットに執着しているのだろうか？

小林が小学校一年生になったばかりの時に、「横浜のおじいちゃんの家に行くからね」と母にいわれて、母と二人で家を出た。日曜日の午後、父は家にいなかった。

〈すぐに帰ってくるのだろう〉と小林は思っていた。

「まさか、その後ずーっと父と別れて暮らすことになるなんて思いもよりませんでした」と彼はいう。

両親が離婚したのだ。

小林は母親に一度も、「なぜ、東京の家に戻らないの？」とか「なぜ、パパは来ないの？」とかはきかなかった。

「たぶん、両親がうまくいってなかったと、子どもながらにわかってたんでしょうね」と彼はいう。

母はブティックを経営し、夜遅くまで働いていた。小林のめんどうは祖母がみた。

日曜日になると、小林は母に連れられて伊勢佐木町という繁華街に行く。デパートに入り洋服を見る。地下に降り食料品を買う。それからオモチャ屋に行く。これがお決まりのコースになっていた。オモチャ屋に入ると、小林はいつも同じ場所へ直進した。彼の欲しいものは、グローブではなく、サッカーボールでもなく、プラモデルでもなく、ゲームソフトでもなく、ロボットなのだ。毎週毎週、彼はロボットを買ってもらった。母は「また？」とか「他のものにしたら」などとはいわなかった。

ロボットのほとんどがテレビアニメーションの登場人物だ。主人公だけでなく、脇役《わきやく》から乗り物までが商品となっていた。毎週買っても、次々に新しいロボットが店頭に並んでいた。母にとっては、日頃相手になってあげられないことの罪滅ぼしという気持ちがあったかもしれないし、小林にとっては、父がいない穴を埋めるための何かだったのかもしれない。

「ロボットって、オモチャの中で一番人間に近いでしょう」小林はいう。「だから、語りかけやすいんですよね。どれが一番強いかとか、やさしいかとか、擬人化するっていうか、それぞれに性格づけをして遊んでました」


小学校六年生の時に、母に連れられて横浜駅西口のデパートの前に行った。そこに父が立っていた。五年ぶりの再会だ。

母は用事があるといって去り、小林は父と二人っきりになった。食事をした。すぐに昔の気分になった。

「欲しいものがあったらいいなさい」父がいった。

「オモチャ」小林は答えた。

デパートのオモチャ売場に行き、ゴーグルロボを探し出し、父に渡した。

「家に行けばこういうロボットがいっぱいあるんだよ。見にきてよ」と彼はいおうと思った。しかし、彼がそういう前に、

「まだ、こういうものが好きなのか」と父はつぶやいた。その表情は少しがっかりしていた。小林は悲しかった。

二十六歳になったいまも、その時の父の表情を覚えているほどだ。


小林と母はマンションの四階に住んでいた。その部屋の真下の三階に祖父母が住んでいて、小林は学校が終わると、祖父母の部屋に帰った。母が帰宅するまで、彼は祖母と過ごした。母が帰宅すると、呼びに来て、一緒に四階の部屋に戻る。

ある時、上の階で物音がするのに母が呼びに来ないことがあった。

「ママが帰ってるみたい」小林は祖母にいった。

「ママが帰れば迎えに来るから待ってなさい」祖母が答えた。

「帰る」といって、彼が飛び出そうとすると、祖母が止めた。

「電話してみるからね」そういうと、祖母が上の部屋に電話をした。母が迎えに来た。母と一緒に部屋に帰ると、そこに男の人がいた。母の恋人だった。

その後、夜になると、小林は祖母の部屋の窓を開けて、上の階を見上げることが多くなった。上の階も同じところに窓があるので、明かりで母が帰ったかどうかがわかるのだ。夜になると、小学生の小林は何度も窓から上半身を出して見上げた。祖母に見つかった。

「ここがあなたの家なのよ。上はママの部屋なの」祖母は怒っている。

〈違う、僕の家は四階だ〉と彼は思った。

上の窓に明かりがともっても、母が迎えに来てくれないことが何度もあった。

その頃、母はたくさんの男とつき合っていた。

小学校六年生の時に、牟田幹夫（仮名・五十歳）が一緒に住むようになった。T市の助役をしている人だ。牟田には妻子があり、ときどき妻から電話がかかってきた。

牟田は小林を嫌った。テレビを見ていると「うるさい！」と怒鳴ったし、冷房をつけていると、強すぎると怒った。

ある時、小林は自分宛《あて》の手紙を取りに行った。ポストには手紙の他に新聞も入っていたが、よけいなことをしない方がいいだろうと思って、手紙だけを持って部屋に戻った。すると「新聞は?」と牟田にきかれた。「ポストに入ってたけど……」と小林が口ごもっていると、「なんで、新聞を取ってこないんだ。気のきかないヤツだな」と牟田は怒った。

小林にとって、牟田はこわい存在だった。

夜中、突然牟田が母を叱《しか》りだした。外出した時に母が牟田に荷物を持たせるのが気にくわないというのだ。大声で母を怒鳴りつけるので、「やめてよ」と小林はいった。すると「なんだと」と牟田は小林をにらんだ。

「市の上の方の人だったから、プライドが高かったんでしょうね」と小林はいう。

中学校一年生の時に、マンションを出て一軒家で暮らすことになった。母と一緒に引っ越していくと、先に来ていた牟田が「話が違う」と怒った。彼としては小林を祖父母に預けて、母と二人で暮らす見込みで家を借りたのだ。

家の表札には、母と牟田の二つの名前が書かれていた。

その頃の小林にとって一番イヤなことは、遊びに来た友だちに表札のことを聞かれることだった。

高校一年生の時に、父親に会いたくなった小林は、母の手帳をこっそり見て、父親の会社の住所と電話番号を調べた。父親はデパートに小物を卸す小さな会社を経営していた。

学校をサボって、東京に出た。寒い冬の日だった。

住所のところに行った。しかし、父の会社はなかった。引っ越していたのだ。勇気を出して電話してみた。電話はつながった。しかし、父は出かけていていなかった。

「満ちゃんでしょう？」電話の向こうの声に聞き覚えがあった。父の会社で働いていて、昔、よく家に遊びに来た人だ。

「はい」小林は答えた。

「急用？」

「いや、べつに」

「じゃ、満ちゃんから電話があったって伝えときますからね、また電話して下さいね」

〈父の声が聞きたかったのに……〉小林はがっかりして、ビルの壁にもたれて座りこんでしまった。冬の陽射しの中で、彼は膝《ひざ》を抱えたまましばらく動けなかった。


小林が大学の入学試験に合格した時、母は大喜びした。

「プレゼントあげるわよ。何がいい？」母がきいた。

昔だったらロボットと答えたところだが、小林はもう代替物では満足できなくなっていた。

彼は母に頼んだ。

「入学式に父さんに来てもらいたいんだけど」

入学式の日、親子三人は渋谷駅で会った。父とは小学校六年生の時以来、七年ぶりの再会だった。

「大きくなったね」と父がいった。

「どうも」と小林は答えて、ニッコリ笑った。

三人で入学式に行き、食事をして別れた。あまり話はしなかったが、小林は一日中、胸のあたりに温かいものを感じていた。

その時の父に対する小林の印象は、〈小さくなったな〉だった。

小林自身が大きくなったのだ。身長が百八十センチある。

小林に対する印象を、父の方はこう語っている。

「姿が大きいのでビックリした。それから、なんというかな、わりと感じのいい男だったんで、ちょっと安心しましたね」そういうと「フフフフ」と父は笑った。自分の息子をほめることに照れたのだ。「小学生の時に別れて、これでずっとおしまいかなと思っていたんです。それが、入学式に来てほしいっていわれて、ああ私に会いたいんだな、私が入学式に行ってもいいんだな、と思って、心の重りがとれた感じがしましたね」


その後、父と息子は二人で会った。

「父と会って、まずこっちが気を遣いましたね」と小林はいう。「僕が父を恨んでいると思ってるんじゃないかと考えてね。最初に『べつに恨んでませんから』っていいました。それから、いろいろ話して、うちとけてきたら、あの人うれしそうに、定期入れから妻と子どもの写真を出して僕に見せたんです」

　父はこういう。

「二人で会って、ゆっくり話ができた時に、私はまず『君に苦労かけて悪かったな』といいました」

　こうして、父と息子のつき合いが始まった。

「どうしてもききたかったことがあるんです」と小林はいった。「小・中・高と僕は父さんに会いたくて会いたくて。たぶん父さんも僕に会いたいと思ってたと思うんですけど……どうだったんだろう？」

　父はこう答えた。

「正直にいうよ。君が私に会いたいと思ったほどには、会いたいとは思わなかった。気にはなってたけどね」

　息子と父の思いには差があった。それは仕方のないことだった。

　父には妻がいて、その妻との間に生まれた娘がいて、愛すべき家庭があり、その家族を守るために、また、息子の養育費を払うために会社を経営しなければならなかった。息子が父を思うほどには、父は息子を思っている余裕がなかったのだ。

しかし、小林にはちょっと淋しい答えだった。

父は小林の淋しさを知って、自分のいまの家族とつき合うようにさせた。

「この前、父の家族と会いました」と小林はいう。「奥さんは僕のことを息子だって知ってますけど、小学生の娘さんは知らないんです。いってみれば、僕の妹でしょう。ちょっと奇妙な感じでしたね」

父はいう。

「私にとっては息子も娘も、私の子どもに違いないんです。ワイフにもそのことはわかってもらってます」

小学生の時から十年近くの空白を飛び越えて、父とつき合うようになった小林は、父親の前に出ると、小学生に戻ったような気持ちになるという。

「父よりも自分が背が高いことが恥ずかしいんです。父の前で酒を飲むとか、タバコを吸うとかも、なんだかとっても恥ずかしいんです」

「幼稚園の頃に父が海外旅行をして、これ、その時のお土産《みやげ》なんです」そういうと小林は壁に飾ってある小さな絵を指した。ベニスの情景が描かれている。下に紐《ひも》が下がっていて、その紐を彼が引くと、カタカタカタカタと音がして、オルゴールが鳴りはじめる。曲は「エデンの東」

哀愁をおびたメロディーが響く。四畳半の部屋にオルゴール独特の音が流れる。音楽が流れる中で、ロボットの顔のひとつひとつをゆっくりと見ていく。映画のようにゆっくりとパーンする。銀色のマスクのような口、細く小さな鼻、黄色の鋭い目、額に刻印された赤い三角。オルゴールの音が流れる。無機質なロボットの表情のひとつひとつが、何かにジッと耐えているように見える。

「あなたにとって、ロボットって何ですか？」私は小林にきいた。

「たとえば、これは」小林はロボットのひとつを手にする。「父さんに買ってもらったんだって覚えてて、これを持ってるとその時代のことを忘れない。遺産みたいなものです。未来に向けて忘れないようにしましょうって。僕は、自分が家庭を持ったら、子どもをぜったいひとりにはしないいって決心してるんです」

小林の手の中にあるのはゴーグルロボ。

それは小学校六年生の時に横浜駅西口で父と再会し、買ってもらったロボットだ。

復讐のマウンド

いつもの朝と同じように、小野和義（一九九三年当時、二十八歳）はキッチンのテーブルに着くと、スポーツ新聞をひろげた。

「近鉄が小野を戦力外と通告」

記事を見た瞬間、新聞の活字が消え、真っ白になっていった。

「本当に真っ白になってしばらく立ち上がれなかったんです」と小野はいう。

妻は風呂場で洗濯をしている。長男は小学校に行った。三歳の長女がＴＶの前に座っている。ＴＶから子ども向けの歌が聞こえている。

近鉄球団が自分をクビにするといっている。記事を読むと球団代表の談話も載っている。本人にいう前に新聞に発表するものだろうか？

彼は立ち上がると、球団代表に電話をした。新聞の談話は本当に代表がいったものですかときいた。「そうだ」という。新聞に発表する前に本人に通知するのが筋じゃないですかと抗議すると、話し合いたいので午後三時に大阪の都ホテルに来るようにと代表は答えた。

車でホテルに向かう途中、彼は家族のことを考えた。

〈まだ小さな二人の子どもをどうやって育てていこう？〉

ホテルに着くと、代表は新聞発表の件をあやまった。しかし発表内容は事実で、「現場とフロントが相談して君はいらないということになったのだ」という。ハッキリといわれたので小野はギクッとした。彼はホテルに着くまでに考えておいた言葉を口にした。

「打撃投手でもスコアラーでもいいので雇ってくれませんか？」

小野としてはプライドを捨てた懇願だった。

質問の意味を考えるように十五秒くらい間をおいてから代表は答えた。

「近鉄球団はまったく君を必要としていない」


小野は一九八四年に、創価高校からドラフト一位で近鉄に入団した。左投げの速球派投手、江夏のようなピッチャーといわれていた。同じ時期プロ野球に入った選手には西武の渡辺(久)、巨人の水野、広島の川端（いずれも当時）などがいる。

入団三年目の一九八六年に十四勝をあげる。その年の最多勝が十六勝だったのだから、小野の成績はトップクラスのものだったといっていい。チームもその年にリーグ二位になる。

その後、小野は毎年、十一勝、十勝、十二勝と二桁《けた》勝利をあげつづけ、安定感のある投手となる。

入団六年目、一九八九年、小野は十二勝をあげ、近鉄は優勝する。小野、阿波野、山崎という投手の三本柱がいたからできた優勝だった。

ところが、日本シリーズを前にして小野は肘《ひじ》を痛め、手術をしなければならなくなる。

翌年の一年間は、手術後のリハビリテーションで過ごすことになった。

「毎日同じことの繰り返しです。重りを持って負荷を与えて筋力をつけていく。来る日も来る日もその繰り返し。みんなは試合でどんどん投げているのに、自分はボールを持っちゃいけないんです。本当に元に戻れるだろうかっていう不安が何度もおそってきました」

一年間のリハビリテーションに耐え、一九九一年に復活。その年十二勝と好成績を残す。チームは二位になる。

次の年のキャンプ中に今度は肩を痛める。再度手術をしなければならなくなる。手術後、つらいリハビリテーションに再び耐えつづけた。一年で終わるはずのリハビリテーションが二年もかかった。その間トレーニングコーチの立花がずっとつき合ってくれた。リハビリテーション二年目の一九九三年（入団十年目）のシーズンオフ。小野は肩が治り、投げられる自信を感じはじめていた。

〈さあ、来年こそは復帰して活躍するぞ〉と小野は思っていた。その矢先の戦力外通告だった。

　チームは一九八九年の優勝以来、三位、二位、二位、四位と徐々に力が下がってきていた。球団首脳部は監督を仰木《おおぎ》から鈴木に代え、チームを心機一転することにした。鈴木監督と球団首脳部が戦力を検討し、チームに小野はいらないと判断したのだ。

「十年間近鉄に貢献してきたつもりだったんですけど」と小野はいう。「もののみごとに商品みたいにあっさりと切り捨てられました」

　戦力外通告を受けてから三日間ほど、彼は何も考えることができなかった。

「ただ、後から後から、悔しさがこみあげてくるんです」

　四日目ぐらいから少しずつ、事態と向き合いはじめた。

〈野球をやめようか。じゃ、何をやりたいのか？　できることはあるのか？〉自分に問うた。

　何も浮かんでこない。

〈いったい何をしたいんだ？〉

　すると、マウンドに立っている自分の姿が見えてきた。

「ピッチャーというのはヒーローにもなれるし、罵声《ばせい》も浴びせられるけど、ヒーローになれた時の自分を覚えているからね。もう一度、あのマウンドに立ってみたい。ピッチャーでいたい。オレにとってそれはすべてを犠牲にしてでも手に入れる価値があるものなんです」と小野はいう。

〈野球をやりたい。自分はまだ十分やれるつもりだ。それを一方的に球団が必要ないといってきたのだ。このまま野球をやめたのでは「負け犬」のままで終わってしまう。なんとしても近鉄を見返してやりたい〉

リハビリテーションにつき合ってくれた立花コーチに電話をした。

「肩の方のリハビリは八十パーセント終わっているから大丈夫。まだまだやれるさ」と彼はいう。「後の残りの二十パーセントはあんたの気持ち次第だよ」

次に妻に相談した。

「生活はどうにかなる。あなたの好きなようにやりなさいよ」と妻はいった。

立花コーチと妻に励まされた小野は決心する。

「プライドを捨てました」と小野はいう。「いままで自分が実績のある選手だというのをいったんゼロにして、テスト生でも何でもいいから、他の球団に入って投げるんだと思ったんです。その頃、何度も何度も、こんなことつぶやいていたのを覚えています」というと、彼はゆっくりと小さな声でこういった。

「後ろを振り返っても過去はついてこない。前を見て切り開いていこう」

十一月、西武の森監督からテストを受けにこないかと電話があった。

小野はすぐに、西武が秋季キャンプをはっている高知県吾川《あがわ》郡春野町へ行った。

〈パ・リーグの他のチームに入って、近鉄を見返してやるのだ〉この一念だけが小野の心を占めていた。

「とにかく、がむしゃらですよ。肩が壊れようが、肘が痛もうが、とにかく投げたいんだという気持ちを前面に出した」

テストに合格し、西武に入団。

一九九四年、小野は渡辺（久）、工藤、郭《カク》などに伍《ご》して先発ローテーションの一角に入る。

四月、ダイエーや日本ハムから勝利をあげ、小野の調子は戻ってきた。

五月十五日、西武球場。森監督は近鉄戦に小野を先発させる。この日を小野は待っていた。

試合前の練習で、小野が大きなモーションをつけて投げている。まるで往年の金田正一のようだ。白球が、どんよりと曇った空に放物線を描いてキャッチャーのミットにはいる。肘と肩を手術して以来、小野は速球派から技巧派の投手になっていた。

近鉄の先攻。小野が初回のマウンドに立つ。

「十年間やってた仲間が全部敵なんですからね、イヤでした。オレは選手じゃなく、近鉄の首脳陣と闘ってるんだと思って、バッターの顔は見ないようにしました。キャッチャーのミットだけを見て投げました」

小野はカーブ、フォーク、チェンジアップ、それに遅い直球を投げ分けて、初回を〇点《れい》に抑える。

その裏、西武が一点を取る。

二回、三回と小野は〇点に抑える。スピードを殺したチェンジアップが、百三十キロ台の直球を速く見せている。雨がポツ、ポツと降ってきた。

四回、ツーアウトを取ったところで、指名打者の金村にホームランを打たれる。コントロールミスだった。一対一の同点。四回裏、石毛が近鉄のピッチャー吉井からホームランを打ち、さらに四連続ヒットで一気に四点を取る。五対一になる。四点リード。

五回表、この回を投げきれば小野は勝利投手の権利を得る。つまり近鉄に勝つことになる。

〈さあ、この回を投げれば勝利だ〉と思って、小野はマウンドに向かった。雨が降っている。

近鉄ベンチから鈴木監督が出てきて審判に何かいった。

審判が両手を広げ、選手にベンチに戻るようにと合図している。小野はゆっくりとベンチに向かう。審判がマイクを通して一時中断を宣言する。鈴木監督が雨を理由に中断を要求したのだ。

小野は腹が立った。前の回と同じ程度の雨なのに、なんでこの回に限って中断を要求するのか。このまま試合が中止になるかもしれない。四点もリードしているというのに。

「あとで考えれば、あれもひとつの作戦だったのかもしれないんですけどね。オレひとりが怒って、ひとりで焦って、まんまとひっかかったようなもんです」小野が恥ずかしそうに笑う。

試合は二十四分間中断した後に再開。五対一、四点差。五回の表から。

〈早くこの回を終わらせて、勝利投手の権利を手にしたい〉そういう気持ちが小野の投球に表れた。光山にヒットを打たれる。次の打者は打ちとるが、その間にランナーは二塁に進む。ワンアウト二塁。次のバッターへの初球カーブが甘く入り、右中間を破る三塁打を打たれる。ランナーがかえる。五対二。まだ三点リードしている。

〈焦ってはいけない。一、二回のようなていねいなピッチングをしなければ〉と思い直した。しかし、ていねいにという気持ちが過剰になり、次の打者にフォアボールを与える。ワンアウト一、三塁。ベンチから森監督が歩いてくる。

「あとに任せろ」森監督はそういうと小野からボールを受け取った。

小野は走ってベンチに向かう。何かをこらえるように口をぐっと結び、目には涙がたまっていた。

その後、鹿取、新谷と投手をつなぎ西武が勝つ。勝利投手は鹿取。

五回を投げきらなかった小野に勝利投手の権利はなかった。


五月三十一日。小野は再び近鉄戦先発のチャンスをもらう。球場は藤井寺。十年間なじんだマウンドだ。相手投手は野茂。力で抑える野茂に対して、タイミングをはずしてかわす小野。対照的な投手の戦いになった。

三対一と二点リードしての五回裏、雨は降っていないから中断の心配はない。〈今日こそ、近鉄を見返してやるぞ〉と小野は思った。ワンアウトをとるが、その後フォアボールとヒットで一、二塁にして、バッターは大石となる。初球膝元《ひざもと》を突く直球が、甘く入る。大石は腕をたたんでバットを振り、ボールを右中間に運ぶ。二塁打だ。

「ここを抑えれば勝利投手だという焦りが出たんでしょうね」と小野はいう。

ピッチングコーチがゆっくりとした足取りでベンチを出てきて、潮崎との交代を告げた。

試合は三対三で延長戦に入り、十回表に西武が佐々木の二塁打などで三点を取り、六対三で勝った。勝利投手は新谷だ。

試合後、森監督は新聞記者にポツリとこういった。

「小野に勝たせてやりたかったんだがな」

その後、七月の三日、九日と近鉄戦に投げるがいずれもリリーフで、勝敗には直接関係がない。この頃、小野に疲れが出はじめていて、森監督は彼をしばらく先発からはずすことにした。

「近鉄を見返したいという気持ちは監督にいっていたので、いつかまた先発で使ってくれると信じてました」と小野はいう。

八月に入った時に森監督がきく。

「次の近鉄戦どうや？」

「いきます」小野は即座に答えた。

〈今度こそ！〉

八月六日。藤井寺球場。

先攻の西武は初回に安部のツーランホームランなどが出て三点を取る。三点のリードをもらって小野はのびのびと自分のピッチングができた。フォークボールで三振が取れた。快調なペースで回が進む。

五回の裏まで投げきり、五対一と勝っていた。これで小野は勝利投手の権利を得た。

ホッとした小野は、六回裏、フォアボールのランナーを出す。打席にホームランバッターのブライアントが入った。小野は逃げずに勝負をした。打たれた。ツーランホームランだ。五対三。その差二点に詰め寄られた。

森監督が出てくると、「渡辺」と審判にいった。渡辺（久）は先発投手だ。その渡辺をリリーフに出すのは、絶対に勝つぞという森監督の意思の表明だ。

その頃、首位西武の調子が落ちていて、他チームが追撃を開始していた。西武、ダイエー、オリックス、近鉄の四チームが一・五ゲーム差の中にひしめいていた。一戦一戦が白熱し、新聞は「熱パ」と書いた。

勝たなければならない。それが森監督の渡辺（久）の投入だった。

ところが、その渡辺（久）が打たれる。同点となり、延長十回、近鉄に逆転され西武は負ける。

六回まで投げきっても、小野は勝利投手になれなかった。

何度戦っても勝利投手になれない。小野は復讐にいって返り討ちにあってるようなものだった。

八月二十四日。西武球場。

近鉄の鈴木監督は小野対策として右バッターを並べた。

〈そこまで自分には負けたくないと意識しているんだな。よしっ！〉と小野は思った。

一対一となった三回以降、両軍とも八回までスコアボードの上に〇《ゼロ》が並ぶ。近鉄は野茂、池上と投手をリレーした。西武は小野ひとりで投げつづけている。

そして、九回表。近鉄は下位打線から始まる。小野は六番、七番を簡単に打ち取った。〈これは延長になるかもしれないな〉と小野は思った。八番はキャッチャーの光山。去年までバッテリーを組んでいた仲だ。ふと気持ちに隙《すき》ができた。光山にヒットを打たれる。ツーアウト一塁。迎えるバッターは九番の水口。あまり打てるバッターではない。この日小野は最高で百四十五キロまで出ていた。その百四十五キロの直球をバッターの内角膝元に投げ、その後外角のフォークやチェンジアップを打たせていた。三回以降八回まで無安打だったし、三振も七つ取っている。水口にも内角百四十五キロの直球を投げた。水口がバットを振った。鈍い音がした。〈詰まってる。レフトフライだな〉と小野は思った。振り返って見ると、打球は意外にのびている。レフト垣内がバックする。バックする。なおバックする。白球は両手をあげた彼の頭上を越えていった。

二対一で西武は負けた。

小野はここ三、四年で最高のピッチングをして、九回を完投した。それでも勝利投手にはなれなかった。

「勝てない、勝てない、勝てない。全部、運命的に勝てない。神がいるなら見捨てられた感じですよ。悔しいですよ。でも、誰にもあたれない悔しさなんです」小野は顔をしかめた。

森監督は小野の悔しさをわかっていた。次の近鉄戦の初戦に再度小野を先発させることにする。これで五度目の挑戦だ。

九月二十日。西武球場。残り十一試合。西武にマジックナンバー五が点灯している。この日を含めて近鉄戦はわずか三試合しかない。今日勝たなければ、もう見返すチャンスはない。最後のチャンスだと思ったけれど、小野の体は重かった。調子がよくない。ヒットを打たれながらもどうにかしのぐピッチングをする。

三対一、二点リードで五回の表を迎えた。ブライアントにタイムリーを打たれ、三対二、一点差に詰め寄られる。〈替えられるかもしれない〉と思い、小野はベンチを盗み見た。森監督は動かない。小野は監督の気持ちを感じてねばり強い投球をする。その回を一点だけに抑え、六回も〇点で切り抜ける。三対二、一点リードしている。

七回から森監督が動いた。潮崎、杉山、石井（丈）という西武最高のリリーフ陣を投入する。完璧な投手リレーで一点差を守りきって西武が勝った。勝利投手は小野。

小野は近鉄にやっと勝った。戦力外を通告された男が、通告した相手を見返した。

試合後、新聞記者にそのことをきかれて、小野はこう答えている。

「チームとして優勝が見えてきましたから、もう、そのことはあまり意識してないですよ」

本心だろうか？

「正直いって、あのコメントは嘘《うそ》です」と小野はいう。「チームのために気持ちを抑えてたんです。家に帰ってから思いきり喜びました。女房も喜んでくれました。やったー、やっと見返したぞと思ってね。切り捨てられた時は悔しかったからね……」

さらに、十月二日。小野は先発しなかったが、西武は藤井寺での近鉄最終戦に勝って優勝を決めた。

優勝を決めた瞬間、西武の選手は全員マウンドに向かった。三塁側スタンドからグラウンドに何本もの紙テープが舞い、川のように揺れていた。歓声がゴーッと響いていた。その時、小野はベンチ前に立って近鉄ベンチをにらんでいた。彼は近鉄ベンチを指差すと、何かを叫んだ。

何を叫んでいたのだろう？

「さあ、何をいったか忘れましたけど、指を差したのは覚えています。オレを切って失敗だっただろうっていいたかったんです」

巨人との日本シリーズでは第三戦に先発した。マウンド上の小野には笑顔があった。復讐をとげ、いまやピッチングを楽しんでいた。八回を投げて散発四安打、自責点〇。

「生涯で一番楽しいピッチングでした。ピッチャーになってよかったなと思ってます」

こうして一九九四年は小野にとって生涯忘れられない年となった。

それから三年後、一九九七年の夏、小野はナゴヤ球場にいた。

彼はこの年、西武から中日に移籍し、成績が振るわず、二軍に落ちていた。炎天下のナゴヤ球場（ナゴヤドームではなく）で、柔軟体操をしている。

成績がよくないことにふれると、小野はこういった。

「肘を壊し、肩を痛め、クビを切られて、それでも立ち上がって、見返した。そこまでで、正直なところ張りつめていた糸が切れたんでしょうね」

土のグラウンドの上で、若い選手とともにダッシュ練習を繰り返す。

「いまは、ただ野球というスポーツを少しでも長くやっていたいなって感じです。一軍であろうと二軍であろうと、ドーム球場であろうと土のグラウンドであろうと、野球をやっていたい。自分の限界がきて、これ以上投げられないというところまでやりたいですね」

陽に焼けた顔が笑い、白い歯が見えた。

キャッチボールが始まる。左手でボールを握り、腕を上げ、ゆっくりと振って、ボールを放す。

ピッチャー小野は何回、この動作を繰り返したのだろう。何万回？　何十万回？　それとも何百万回？

たったこれだけの動作の中に、夢も、喜びも、挫折も、悔しさも、彼の人生のすべてがあった。

白球が青空にゆっくりと放物線を描いている。

＊一九九八年、小野和義は現在の近鉄首脳陣に請われてピッチングコーチとなった。近鉄を追い出されてから五年後のことだ。

リコン日記

「お化粧して、一番好きな着物を着て、街に出てごらんなさい」

「ちょっと気を替えて、別の道を歩いて見るんです」

（宇野千代『行動することが生きることである』海竜社）

宇野千代は失恋した人にこんな言葉を与えている。

気分を変えて新しい人と出会うこと、それが失恋克服の一番の近道だという。


小学生の女の子が家に案内してくれた。彼女の母親に会うのだ。

女の子の名は、クウ。小学校五年生。白いTシャツの上にベージュのシャツをはおり、だぶだぶの黒の半ズボンにスニーカーを履《は》いている。ショートカットの髪型は男の子のようだ。

歩きながらクウはいろんなことを話してくれる。友だちのこと、先生のこと、遊びのこと、ピアノを習っていること、好きな食べ物のこと、そして、両親が離婚したことも。

「悲しかった？」私はきいた。

「悲しかったというか……、ビックリしたというか」ハスキーな声を出してクウが答える。

「どうして、離婚したの？」

「うーん」クウはしばらく考えている。「最初、なんで離婚したのかわかんなくてー、だんだんお母ちゃんが話してくれて、お父ちゃんはいま他の女の人と暮らしてるんだよって。で、なんか……」またしばらく考える。「なんかー、悲しくはなかったと思うんだけど、なんかー、ヤな気持ちになった」

ヤな気持ちか。そうだろうな。

家に着く。

母親の翠《みどり》（三十八歳）はベビーフェイスで、子どもが二人いるようには見えない。黒のTシャツに穴のあいたジーンズをはいている。

彼女は冷蔵庫から缶ビールを出してきた。

「話すより、この日記読んでもらった方が早いかもしれません」そういうと、三冊のノートをテーブルの上に置いた。

私はテーブルについて、日記を読むことになった。まるで図書館に来たみたいだ。ビールを飲みながらというところが違っているけど。

彼女も日記の一冊を手に取った。

「この時期のはこわくて読み直したことないんですよ」

彼女は椅子の上に膝《ひざ》を立てて日記を抱えこむようにして読んでいる。ズンズン日記の中に入っていくのがわかる。ジーンズの破れ目から白い膝小僧がのぞいている。

やがて、私も彼女の日記の中に入っていった。


翠（当時三十五歳）は出張中の夫、加藤郁夫（同三十八歳）から手紙をもらった。

「つき合っている女性がいる。別れたい」

突然だった。彼の出張先に何度もファクスを送り、電話をかけて話し合った。彼の決心はかたく、考え直してもらうのは不可能だとわかった。事態を受け入れるための時間が欲しいというのが、彼女にいえるせいいっぱいのことだった。

六月二十二日
部屋にいて、うろうろ苦しんでいる。
助けてほしい。助けてほしいのに、一番助けてほしい人が私をうちのめす。苦しい。神様……と思わず手を合わせてしまう。苦しいよー。
ジュウタンの上に転がる。泣いてみる。

何も食べられない。飲みこむことができない。

食べないと病気になりそうだから、カルシウムと栄養ドリンクを買ってきた。

私たちは死ぬまで、ともに暮らしていくのだと信じていたのに。


郁夫はライブハウスの経営者、翠はイラストレーターだ。彼女の仕事量はあまり多くないので、家計のほとんどを夫が稼いでいる。

子どもが二人いる。長女幹《みき》（当時小学校四年生）と次女空《くう》（同小学校二年生）だ。

翠は夫に不満をもっていた。彼が仕事中心で彼女に関心を向けないからだ。何度も怒った。ケンカしてコショウの瓶《びん》を投げつけたことがあるし、「出ていけ！」と怒鳴ったこともある。

彼に突っかかる自分がイヤになって「別居しよう」といったこともある。

それもこれも、別れないと信じていたからできたことだった。

六月二十三日
何をしても許されると思いこんでいたのは私。乱暴な言葉や押しつけ、ささいなことの積み重ねで彼を傷つけていた。彼は私のモノではないのに。もっと、大切にしてあげなければいけなかったのに。いまさらこんな形で気がついても、遅すぎる。

クウが昨日私を慰めてくれた。

「大丈夫。お父ちゃん嘘《うそ》いってるってば。お母ちゃんのこと好きだよ」

郁夫の手紙によると、二年前から彼は中島真砂美（三十五歳）とつき合っていた。真砂美は二人共通の友人だ。彼女は三年前に離婚して二人の子どもと暮らしている。翠とはタイプの違う、「世話女房型」の人だ。

六月二十四日
彼にとって真砂美ちゃんが必要になったのも仕方がない。わかる気がする。だからつらい。憎めない。
二年間もつき合っていたなんて。これからさき、二人とも、私にたいして嘘はいわないで下さい。隠しごとはしないで下さい。

一週間後に、郁夫は出張から帰ってきた。

それまでに何度も電話で話し合っていた翠は、離婚も仕方ないかなという気持ちになっていた。

六月三十日

昨日、三時過ぎに郁夫が帰ってきた。思わず二人でなんだか笑ってしまった。ずいぶん久しぶりに会ったみたいで。たくさん話をした。明け方までいろんな話をした。

今日一日中、ベッドの上で話をした。セックスも三回した。すごくわかり合えた気がして、私たちは以前にもまして理解し合ってしまった。

郁夫は五十万は稼がなくてはいけないと張り切ってる。ローンに十万、私に二十万、真砂美ちゃんに二十万。バカだねえ。

でも、私と真砂美ちゃんに出会えてもう人生思い残すことない、なんていってたな。ほんとにバカなノーテンキないいヤツだね。タバコを吸いすぎるし、不規則だし、無茶するし、長生きできないゾ！　郁夫！

郁夫が帰ってきて、二人は話し合った。翠は、彼の気持ちが離れていったことを認め、自分と二人の娘の生活をどうするかを考え、冷静に対処した。

その結果、郁夫は二人の娘の養育費を払い、土曜日と日曜日は翠の家にいることになった。月曜日から金曜日の間は真砂美の家に行く。

冷静にルールを決めたのだが、翠の気持ちはスッキリしなかった。

七月一日
苦しい。こんなにも失うことがつらいことだなんて。
胃があれているのか口臭が消えない。

七月二日
仙台の母（翠の母──引用者）が父に話したそうだ。「人の心はどうしようもないからね」といってたとか。そうなんだよね。「翠はつらいだろうな」ともいってたとか。

七月四日
土曜日、私はデッサン会に。子どもたちは郁夫といる。
私はデッサン会のあと、「トリロー」で、相原さん、義重さん、斉藤さん、林さん、続《つづき》さん、中山さん、村松さんとビールなど飲んだ。夜も更けてきた頃みんなにいまの私の話をした。みんなそれぞれに受け入れてくれた。なりゆきで、相原さん、義重さん、林さんと「トリロー」でざこ寝した。私の頭の上に林さんがいた。電気消して眠るとき、林さんの手があったので、思わず手を握って泣いた。林さんの手はすべすべして、繊細で大好きだ。「泣いちゃダメだよ」といった。やさしかった。

七月五日
目覚めるたびに、すべてが夢だったら……と思う。

七月六日
苦しみは消えない。
郁夫は真砂美ちゃんを、女として愛しているという。私は肉親のようだという。残酷なことをいう。

七月八日
林さんが本を送ってくれた。傷ついている私に何かしてあげようとやさしい手を貸してくれた。同情と愛情を間違えたりしたくないけれど、うれしい。心からうれしい。

七月十日

映画『全身小説家』を見た。映画はけっこうこたえる。

うちに帰り、たくさん泣いた。

五時から学童クラブの保護者会に出て、そのあと、キャンプの打ち合わせをして帰ってきた。

たまらなくて、郁夫に電話して「今日は私と寝てくれない?」といった。「そうじゃないと……」といいかけて、もう、言葉が出なくなってしまった。

彼はその日の夜九時頃に帰ってきてくれた。たくさん話をし、ビールとバーボンを飲んで、抱き合ってセックスした。彼はすぐ「いい?」ときく。もう何回やってると思ってるんだろう。

私は落ち着いた。郁夫は十二時に真砂美ちゃんちに帰っていった。

七月十二日

クウは、晩ご飯も食べずに服のまま六時過ぎから眠ってしまった。ミキは少し淋しそうにおしゃべりをして、真砂美ちゃんちにファクスを送り、返事がこないので、電話をして留守電に「お父ちゃん返事書いてね」と入れていた。七時頃、郁夫から電話があり、たわいのないことをしゃべっていた。ミキは寝る前に「お父ちゃんがいればいいのに」ともらしていた。
いま、子どもたちは二人とも眠っている。おなかに布団を掛けてやる。隣のエアコンの音がする。私はエアコンの風は苦手なので止めた。むしあつい。郁夫はいない。

七月十三日
カレンダーを見る時、いつのまにか土曜日までの時間を計っている。淋しいな。
クウが、「うちは悲しい家族だ」なんていった。
「どうして？　どこが悲しいの？」ってきいたら、「お母ちゃんの心」だって。

七月十六日
私もあんまり、このことばかりにとらわれているのはつらい。胃のあたりがいつも締めつけられているようだ。
郁夫と話したり、抱き合ったりしたあと、また彼を失う。その繰り返しに私は耐えられるだろうか？
もうこうなったら、やはり、郁夫と別れて、ミキとクウと三人の新しい生活をスッパリと始めた方がいいのではないかと思いはじめている。

そのくせ、郁夫を失ってしまうのは恐ろしくてたまらないのだ。

あなたのことが好きです。出会えて、一緒に暮らせて本当によかったと思っています。

七月十八日
土曜の夜、郁夫に子どもたちを預けて、飲みに行く。友だちの家に行き、四時くらいまで飲んでしまった。飲みすぎた。タクシーに乗って帰る途中、タクシーの中でもどしてしまった。恥ずかしい。山手通りで降りて、歩いて帰る間、どしゃぶりで、濡《ぬ》れた。うちに着いたら、ベッドに郁夫が寝てるのを見て、泣いた。抱きついてたくさんたくさん泣いた。とまらなくなってしまった。いっぺんにあふれてきて。

ずっと、ずっと、ずっと、そしていまでも、愛してる。あんまり根深くて、苦しいくらい。

落ち着いてからセックスした。彼は困ったように「これでは逆に翠ちゃんと不倫してるみたいだなあ」といっていた。

私は途中で、こうして彼と寝ることで、真砂美ちゃんにどこか復讐したがってるのだろうかなんて考えてしまった。だとしたら、空《むな》しいよね。

七月二十日
クウが熱を出し、終業式を休んだ。ミキがかわりに「あゆみ（成績表—引用者）」を持って帰ってきた。二人ともなかなか良い成績。クウなんか「整理整頓《せいとん》がとてもよく……」なんて書いてあり、思わず「オイオイ、嘘だろオー」といってしまった。ニヤッとするクウ。
今日はだから、ずっとクウと一緒だった。昼前に三十八度近く出たので病院へ。「おんぶー」なんて甘えてきた。少しおんぶしてやった。重い。
クウは首に自作のプロミスリングをしている。「何を願ってるの？」ときく。「いえない」「なんで？」「だってー、いうとお母ちゃん泣くもん」

八月十六日
妊娠した。

落ちこんでる。昨日、六時過ぎにやっと郁夫はうちに来た。困り果てていた。もし、そういうこと……私が産むなんていうことになったら、すべて破滅だといった。

ああもういい。

郁夫には絶望、失望、怒り、憤り、いろいろ感じてる。

胎児と一緒に彼も私の中から追い出してしまおう。

悲しくて空しい。

八月二十二日
村田クリニックに行った。

超音波で調べて、内診した。「おめでたですよ」といわれた。「産みますか」ときかれ「中絶をお願いします」といった。先生（女性）は何もいわず、「はい、ではいつでもいいですよ……二十四日にしましょうか」といった。明日の五時に薬を入れてもらい、二十四日の朝に手術、昼には帰ってこられるとのこと。

悲しくてつらい。こらえられなくて、階段を下りながら泣いた。

これまでの私のやり方、生き方、考え方、すべて間違っていたのだろうか？　どうしてこんなことになってしまったのだろう？

翠は郁夫に捨てられたことで、自分のすべてが否定されたように感じている。

八月二十三日

一時過ぎに郁夫は来た。同意書を書いてもらい、お金が十万円くらいかかることをいった。

夕方、六時頃、突然お金を持ってきた。

話してたら、

「真砂美ちゃんがキレた」といった。

トランクに郁夫の服を入れて、ドアの外に出してあったのだという。郁夫も怒って、服を全部路上に投げ出したそうだ。

なんだかおかしかった。私はそうなること、期待してたのだろうか？

私の心のどこかに、彼と真砂美ちゃんとの関係をブチ壊したいという願望があるのだろう。

八月二十五日

昨日、中絶。義重さんが付き添ってくれた。

今日、少し髪の色を抜いた。パーマをかけた。眼鏡を作った。ピアスをした。

みんな私に元気？　と心配してくれる。きれいになったね、若返ったねといってくれる。

郁夫に別れたいといわれてから二カ月後、翠の前に雑誌編集者の続孝《こう》（当時二十六歳）という男性が現れた。

八月三十一日
昨夜、続くんから電話があった。「イラストレーターズ」に何点かイラストを描いてくれという依頼。一時間ぐらい話した。絵や音楽や本のことなどたわいのない話。彼は私の話し方と声が好きですといってくれた。うれしい。

九月五日
昨日は天気が良かった。子どもたちは昨晩郁夫がみてくれた。
続コウくんに電話して、一緒に映画を見に行った。夕方食事をして、お酒を飲み、いろいろ話をした。午前二時過ぎ、「ストーンズ」というロックをかけている店へ。バーボンをダブルロックで二杯、ブラッディーマリーを二杯飲んだ。コウくんは黒い服にネックレスをして似合っていた。明け方六時頃、店じまいでそこを出た。私は酔ってて彼の肩につかまって階段を下りた。外は明るかった。カラスがいた。小田急の前あたりで抱き合ってキスした。私はなんだか少し泣いてしまった。しばらくそこでそうしていた。たくさんキスした。どうする？　うちへくる？　なんて話をして、結局タクシーでコウくんの部屋に行った。今日の昼過ぎまでそこにいた。たくさんキスをした。たくさん体にさわった。うれしかった。でもセックスはしなかった。
好きになってもいいのだろうか？

九月七日
子どもたちにも、コウくんの話をした。二十六歳だということ。私のことを好きだということ。「こんど連れてくるよ」といったら、楽しみにしてるみたい……。だけど彼女たちにとってはお父ちゃんがベストなのだ。あたりまえだけど。
郁夫にもコウくんのことを話した。
「もうセックスしたの？」と彼。「まだ」「そう、うまくいくといいね」だって。

九月十一日
郁夫と私と娘たちの四人で焼き肉屋さんに行った。私は疲れててあまり郁夫と口をききたくなかった。クウがやけに私に話しかけてきた。クウに「私がコウくんスキでもいい？」ってきいたら、「いいよ……その人の勝手だから」みたいなことというので、少しビックリした。ごめん。

九月十五日
今日七時過ぎに続コウくんが来る。楽しみ。ドキドキしている。掃除したり、買い物したり、シチューの用意したり、なんかすごく楽しい。

九月十六日
昨日八時過ぎにコウくんが来た。子どもたちは先にご飯を食べちゃって、漫画「うる星やつら」を読みふけっていた。九時に「寝る時間だよー」と漫画をとりあげてから、子どもたちはコウくんと遊んだ。持ち上げたり、飛行機したり、幼児のような遊び。重かったろうな。そこでずいぶん気持ちがほぐれた。『シニカル・ヒステリー・アワー』のビデオを一本見てから、子どもたちを寝かせた。ミキは少し興奮して、寝つけない感じだった。ビール飲みながら、シチューを食べ、「おいしい」といってくれた。そのあとバーボンを飲んで、けっこう酔った。
抱き合ったり、キスしたりした。それからセックスをした。
私は思ってた以上に感じてしまった。すごく。

コウくんをどんどんスキになるのがこわい。

九月十九日
昨日は朝から小学校の地域祭り。相撲《すもう》大会には郁夫が世話役で参加し、私は午後からクレープ屋さんに加わった。家に戻ってきた。センチメンタルになって、泣いた。彼がセックスしようとしたけど、私は拒否した。「傷つく？」彼がきいた。「傷つかないけど、したくない」といったら、「わかった」といった。

九月二十一日
今日はコウくんの誕生日。二十七歳だ。
ミキはコウくんにプロミスリングを、クウは前に作った星形の黄色い手作り磁石をプレゼントした。よろこんでた。私はセーターを。

九月二十六日
三日間、北海道に仕事で行ってた。
東京に着くと雨が降っていた。うちに帰ると子どもたちはテレビを見ていた。郁夫はいなかった。

親の勝手で子どもたちを巻きこんでるよね。でも、子ども時代なんてそんなもんだよな。私もそう思ってたし、それがイヤだから子どもは親から離れて自立していくんだと思うのだが……。

九月二十八日

夕方、郁夫から電話。イシャリョウだのヨウイクヒだの。結局お金になってしまうのか。離婚する。なんだかなあ。

十月二日

土曜日、郁夫が来る。子どもたちは彼がいると興奮している。ミキは甘える。クウは写真が見たいといいだす。結婚式の写真。ピアノのとこに置きっぱなしの写真袋から、私と郁夫の結婚式の写真を取り出して、「あはは、へんなのー」と妙にわざとらしい声で笑う。そして、仕分けを始めるクウ。どういうつもりなんだろう。

郁夫も昔の猫の写真などを見て「これいいねー」なんていってる。なんて悪趣味なんだろう。

そんな頃の写真を、なんでこうして一緒にいま見てるの？

「こんなの全部いらない、もっていっていいよ」と私。

「どこへもってくんだよ」と郁夫は笑う。そしてクウに「クウ、アルバムに貼《は》ってよ」

私は「そんなことしなくていい！」と不機嫌になる。

十月五日
今日、離婚届を出した。

コウくんを呼び出し、マクドナルドでコーヒーを飲んだ。

コウくんがいてよかった。救われた。

彼が現れるまで、自分のすべてが否定されたような感じがしていた。コウくんが私を肯定してくれた。

十月六日
クウはいつのまにか自作のプロミスリングを首にしてないので「どうしたの？」ときいたら、「とれた」「それで願いごとはかなったの？」「ううん」
ごめんね、クウ。

現在、離婚後三年がたっている。翠は続と別れて、友人としてつき合っている。彼女は続と恋愛したことをよかったと思っている。彼がいたからすっきりと離婚できたのだ。

彼女のイラストへの注文は増えている。単行本を出したし、雑誌にも連載している。

郁夫は土曜日か日曜日に子どもに会いに来る。ときどき彼は二人の子どもを真砂美の家に連れていく。

ミキは中学一年生に、クウは小学校五年生になった。

十二月二十二日
コウくんと子どもたちと私の四人で小さなコンサートに行った。会場に入る時に記名帳に名前を書いた。子どもたちはそれぞれ「加藤幹」「加藤空」と書き、私は「水島翠」と書いた。水島翠の誕生です。

天安門から遠く離れて

宋玲《ソウレイ》（女性・二十七歳）は泣きだしそうだ。

中国と香港《ホンコン》の国境の川、深圳《シエンチエン》江にかかる橋を香港へと向かって歩いている。橋の先にある羅湖《ルウオホウ》駅から電車に乗るのだ。宋の前を彼女が勤めている貿易会社の社長・武藤修（五十八歳）と部長の村上信彦（四十七歳）が歩き、彼女の後ろから取引会社の部長・宮本一郎（四十三歳）がついてくる。

一九九七年五月二十二日午後九時。四人は深圳の国営会社に仕事の打ち合わせに行っての帰りなのだ。

宋は立ち止まると橋から深圳の方を見る。夜空の下、高層ビル群がシルエットになっている。深圳は宋の生まれ育った街なのだ。

「大丈夫？」宮本が声をかけた。

「はい」宋は答えると、社長たちを追ってすぐに歩きはじめた。

彼女が目にいっぱい涙をためているのは、いま故郷を去ろうとしているからではない。

八年前、宋は深圳大学に通っていた。当時、民主化運動が盛り上がり、彼女も毎日デモに参加していた。そして、あの天安門事件が起こり、運動は鎮圧され、国家は学生を取り締まりはじめた。多くのクラスメイトが中国から逃げるようにアメリカやオーストラリアに留学した。宋も中国を出て別の国に行きたいと思った。中国では国家の考えが変わると、簡単に地位を奪われ、財産を没収されるので、安心して生活できない。宋は親の知り合いを頼って、日本の岩手大学に留学した。

卒業後、岩手県内の企業に就職した。しかし、宋は日本にいるなら、東京で暮らしてみたいと思った。県内の企業を退職し、東京に出て、一年前にいまの貿易会社に入社した。電子部品を扱っている社員数二十の小さな商社だ。会社は中国進出企業と取引をしている関係で、中国語のできる営業部員を求めていた。中国語はもちろん、日本語と英語が話せる宋は、条件にピッタリだった。会社は宋に期待し、彼女もはりきっていた。

宋は明るくふるまい、社員たちともすぐに仲良くなった。

羅湖から香港の中心街に向かう電車はすいている。社長と村上は四人がけの窓側に向かい合って座る。宮本は宋に「どうぞ」といって、社長たちとは通路をはさんで反対の窓側に座らせた。社長から離れたかった宋は、宮本の親切がうれしかった。

電車が走りだす。羅湖駅の明るいプラットホームからスッと夜の闇《やみ》へと入っていく。彼女はビジネスーツのポケットからティッシュペーパーを出すと、目にたまっている涙をふいた。


社長の武藤は機嫌のいい時と悪い時の差が激しい。

機嫌が悪い時はひとことも口をきかないし、会社のソファで寝てしまう。怒りっぽくなるし、電話がかかってきたら居留守をつかう。

機嫌のいい時は、社員が仕事中でもかまわずに話しかける。男性社員の栗本が書類づくりで忙しがっていても、「クリちゃーん、ちょっと来てー」と呼ぶ。また、「エミちゃん、コーヒーちょうだい」「エミちゃん、ライテックとの契約書持ってきて」とやたらに事務の女性を使う。

入社して二カ月目くらいの時に、機嫌のいい社長が突然、宋を呼んだ。

「宋さん、このプロジェクトについてどう思う？」ときく。

問題が大きすぎて、即座に答えられるようなことではないと思ったが、せっかちな社長だから何かいわなければと宋は思った。

「このプロジェクトはすべていい方法だとはいえないいんですけど、為替《かわせ》の変動もありますし、一応部長と私とで契約書の中でハッキリとしておかないと……。何円から何円までの間はこのプロジェクトを続けると書きますけど、お客さんから何か要求があれば……」と宋がいっている途中で、

「ああ、わかった、わかった。いまは何もわからないってことね」と社員全員に聞こえるような大きな声でいう。

「ともかく、いまは全力でがんばります」と宋は答える。

「はい。わかった、わかった。席に戻っていいよ」

〈マイペースな人だな〉と宋は思った。でも〈まっ、いいや。仕事をやっていくうちに自分の能力もわかってくれて、社長の態度も変わっていくだろう。はりきって仕事をしよう〉と思い直した。

　さらに、社長は頻繁に中国についてのグチをいう。

　取引先の会社の人が来て話している。社長の声は会社中に聞こえる。

「やっぱり中国は技術力が低いからね、品質管理をしっかりしなくちゃダメよ。信用できないからね。たいへんですよ」

「新製品に取り組むことになってもすぐに決定できないからね。ともかく、融通がきかないんだから、スタートまで一年や二年かかっちゃうのざらだもんね」

「向こうの人間はとにかく理解力がないね。なかなか日本人の気持ちをわかってくれないし、わかろうとしない。ホント困っちゃうよね」

社長は職場に中国人がいることなど意に介していないようだ。

仕事上のことだけでなく、中国人一般の話もする。

「向こうの人さ、ちり紙を使わないの。鼻をかむ時鼻を手で押さえてフンッて地べたに出すんだよね」

「魚食べた後、骨さ、全部床にペッペッて落とすの。宋さん、それ知ってるでしょう?」といって宋を指差す。

仕事をしていた宋はあわてて答える。

「あっ、そうですか。社長のおっしゃるとおりかもしれません」宋は笑顔をつくる。

〈せっかく就職したのに、社長とぶつかるわけにはいかない〉と思ったからだ。

羅湖を出ると、窓の外には低い山々が黒々とシルエットとなって続いている。宋はずっと窓の外を見ている。向かい側の宮本は書類を整理している。社長と村上も黙ったまま外を見ている。電車が動きだしてからしばらくは、村上が何度か社長に話しかけていたのだが、社長がまったく返事をしないので、村上も黙ってしまった。宋は窓に映る社長の姿を見て、機嫌が悪いなと思った。しかし、〈こんなつまらない人間の機嫌なんかもう気にしない〉と考えていた。

窓の上の方を見たら、そこは一面の星空だった。

入社してから、宋は何回も香港へ出張した。香港に支社のある日本企業が中国に進出するのを助けるためだ。ある程度の路線を敷くことができて、今回は社長、部長と一緒に行き、日本企業の香港支社の人とともに中国の国営会社を訪れることになった。

宋にとっては仕事上の重要な成果を示す旅になるはずだった。ところが、香港に着き、社長を案内するところから困難は始まった。

社長は知ったかぶりをして香港の街を歩く。宋がこっちだといっても、聞かずにズンズン歩く。どこでタクシーをひろうかも、バス乗り場がどこかも知らないのに、先頭に立って、早足に歩く。村上と宋は後を追う形になる。

「社長違います。そっちじゃありません」宋がいうと、

「オレはわかってんだよ。前に来たことあるんだから」大きな声で社長がいう。

宋は通りに立って大声でいい争うのが恥ずかしくて黙った。

タクシーをひろうのに三十分かかったし、道路を横断して車にひかれそうになった。

社長の後方を歩きながら、村上が宋にいった。

「宋さんの気持ちはわかるけどね、やりたいようにさせるしかしょうがないんです。間違ってもついていけばいいんですよ」

昼食の時。

「今日、食欲ないからパンにする。パン買ってホテルで食べよう」と社長がいう。

そこで、パンを買い、ジュースを買うために店の前に立っていた。気温は三十五度近くある。生ジュースを作るのに、三、四分かかった。イライラした社長は、

「オレはいい、もういらない。パンだけでいい」というと歩きだした。

宋と村上はジュースを受けとると、釣り銭ももらわずにあわてて後を追った。社長にジュースを渡すと、彼は歩きながら飲みはじめた。

「おいしい！　おいしいよ。あんたたちも飲んだら」

「ホテルに帰ってから飲みます」宋は答える。

「ここは香港だよ。日本じゃないんだから、気取らなくていいよ。さあ、飲んで飲んで」と社長は人に強制するようにいう。

村上は飲みはじめたが、宋は飲まなかった。

社長は土産《みやげ》を買いに行く。宋はそれに同行しなければならなかった。

飲み屋のママに頼まれたニナ・リッチの香水を買うのだといって、店に入った。ところがその店では売り切れだった。店員が「別の系列店にあるので、取りに行って五分で戻ってきます」という。そのことを社長に通訳した。彼は待つという。店員は走って店を出ていった。

十分後、その店員がハアハアいいながら香水を手に戻ってきた。

「いらない」と社長がいいだした。「五分といったのに十分もかかって、客を待たせてスミマセンのひとこともないじゃないの。中国人はこれだから、もういらない。宋さんそういっといて」

社長はサッサと店を出ていった。

ビックリした宋は、

「すみません。このタイプじゃなかったんです」と店員にいいわけをした。

その夜、ホテルに帰ってから、宋は部長の村上に、社長の中国に対しての差別的な態度は取引上よくない、深圳に行く前にひとこといっておいてくれないかと頼んだ。村上は、自分は臆病《おくびょう》だし、いまの仕事を失いたくないのでいえないと答えた。

〈部長は正直な人だな。勇気を出せ、なんていえないし、仕方ないな〉と宋は思った。

電車は数分ごとに駅に停《と》まる。そして駅に近づくたびに、唐突に高層ビルのニュータウンが出現する。そのビルの各階に蛍光灯がついていて、緑色に震えている。

「何を考えているんですか？」宮本がきく。

「私、もうイヤです」宋は小さな声でいう。

「宋さん、社長とうまが合わないみたいね」

「ええ」宋はうなずく。

「どうしてもうまくいかない相手というのはいるからね。努力してもダメなことってありますよ。宋さんみたいに語学も仕事もできれば、どこにでも就職できますよ」そういうと宮本はニッコリ笑った。

宋もつられて笑顔になった。


深圳での打ち合わせ中。

社長は何かいうたびに宋を指差して、

「宋さん通訳して、彼にいって」と相手の方へ指を動かす。

指を差された相手が少しイヤな顔をしているのが宋にはわかった。

〈いちいち、いわれなくても通訳するのに、それに指を差すのをやめないと失礼になる〉宋は気が気でなかった。

深圳での仕事に結びつけるまでに、宮本と宋の二人で路線を敷いてきた。宮本の発言を補う形で宋もときどき口をはさんだし、質問に対しては資料を提出し、説明をした。

休憩時間に、宮本が社長にいった。

「宋さんよくやってくれてますよ。ずーっとうちの担当にお願いしますね」

「へへへ」と社長は人をバカにしたような笑い方をして宋を見ると、「宋さん能力あるから、自分で会社つくればいいんじゃない」といった。

深圳の国営会社からの帰り、駅まで会社の車で送ってくれることになった。

運転手が前のドアを開けると、宋に「どうぞ」といった。宋は乗った。次に運転手は後ろのドアを開けて、社長、村上、宮本に「どうぞ」といった。村上と宮本は乗った。しかし、社長は乗らない。彼は前に来ると、車の屋根をドンと叩《たた》いた。運転手は驚いて社長を見た。宋も驚いて窓ガラスを下ろした。

「シートベルトをはずして！」社長が宋を指差していう。「出て！」

宋はいわれるままにする。

「後ろに乗って」社長が命令する。宋が乗ろうとすると、「違う、違う。あんた真ん中に乗るの」

村上が降りて、宋が乗る。それを見てから、社長は前の座席に座る。運転手が抗議するようにドアをバーンと閉めた。

社長は後ろに三人で座るのは窮屈なのに、一番新人の営業部員が前にひとりで座るのが許せなかったのだ。

宋はこう考えていた。

〈中国ではどんな場合でも女性優先だから、運転手が私を前に乗せたのだ。中国のルールを無視して、人を指差して車から降ろすなんて、私は奴隷《どれい》みたい〉

その時から、宋も社長も口をきかずに羅湖の駅まで来たのだ。

〈せっかく故郷に帰ってきても自由時間をくれないから親にも会えない。それに、ここは中国の領土でしょう。ここで女性に対してあんな失礼なことをして、私はもう耐えられない〉

宋はこんなことを考えて国境の橋を渡っていた。

そして、目にいっぱい涙をためていたのだ。

電車は香港の九龍《カオルン》に向かって走っている。星空の下に低い山並みがシルエットになっている。すると突然、電車はトンネルに入った。

〈あー、これで香港に着いて、日本に帰るんだなー〉と宋は思った。〈また会社で社長の機

嫌にピリピリして、中国の悪口もがまんして聞かなきゃならないんだろうか〉

車窓に映る自分を見ながら、宋は自問自答していた。

〈ホントは、あなたもうちょっと別の場所にいるはずなんじゃないの。自分のプライドを押し殺してまで、同じ場所にいることないよ。だって、それじゃ、中国を飛び出した意味がないじゃないの。やめよ、この会社〉

突然、電車がトンネルを出る。するとそこはもう香港の市街だった。超高層ビルが林立し、窓という窓が光で輝いている。

光に照らされた宋の顔にちょっと明るさが戻っていた。

わたしはリカちゃん

金曜日の夜。アパートに帰ってきた牧瀬由希（ペンネーム・男性）はそそくさと上着を脱ぎ、ネクタイをとり、ズボンを脱いで、シャワーを浴びる。

バスタオルを巻いて出てきた牧瀬の足や腕には毛がない。脱毛クリームを使っているのだ。牧瀬はしゃがむとタンスの引き出しを引っぱる。その姿が妙になまめかしい。女性のように、胸のところでタオルを巻いているからだ。

バスタオルを落とすと、全裸になる。引き出しから白いタイツを出してはく。膝《ひざ》までタイツを引き上げたところで、プヨプヨした三角形のものを取り出す。「性転換用パット」だ。シリコンでできていて、逆三角形の形で股間《こかん》にあてがう。内側にペニスのくぼみがあり、外側には女性器のような割れ目があり、上の方にクリトリスがちょこっとついている。

牧瀬はペニスの上から性転換用パットをあてがい、落ちないようにタイツを引き上げる。引き出しからウエストニッパを取り出し、体に巻きつける。紐《ひも》をギュッと引っぱって、ウエストを細く細くする。「うっ」と声をもらす。背中で紐を縛る。

彼の体にチェロのようなくびれができる。

牧瀬は小さな時から、自分の顔が嫌いだった。小学生の時に、たまらなくなって柱に顔をぶつけた。ゴツンゴツンと音がした。額が切れ、唇がはれ、鼻からは血が噴き出した。

自分の顔が嫌いだというほど彼の顔は醜くないし、嫌悪をもよおすものでもない。むしろ二枚目だ。細い顔、二重まぶたの大きな目、すっと通っている鼻すじ、少しちぢれた髪の毛、身長は百七十五センチでやせていて、どこから見ても好青年だ。

自分のどこが嫌いなのだろう？

「全部です」と牧瀬が女性のような細い声でいう。「外面も内面もすべて、生理的に許せない」

牧瀬の自己嫌悪の根は深い。なぜ、それほど自分が嫌いになったのだろう？

小学生の頃、彼は学期の終わる終業式の日が大嫌いだった。多くの子どもは休みの始まる日なので大好きなのに、彼だけは別だった。

父親の暴力が待っていたからだ。

成績表を見せると、父は怒りはじめる。いきなり張り手が飛んでくる。「なんだ、この成績は」と怒鳴られ、胸ぐらをつかまれ、頭を小突かれる。暴力は深夜まで続く。

「こんなふうに暴力で育てられた人間がまともに育つわけがありませんよね」と彼はいう。

去年、実家に帰ったおりに、彼は父親と対決した。

「もう腕力ではこっちの方が上ですからね」と彼はいう。父親のことを思い出すと緊張するのか、表情が引きつる。「父に向かって『あれは絶対いじめだと思ってる。オレは絶対忘れんぞ、許さんぞ』っていったんです。そしたら、父は何もいいませんでした」

三十代の後半になる男性が、父親に対してこれほど強いこだわりをもっていることに驚く。彼の自己嫌悪は根が深い。父親の暴力は彼の自己嫌悪をより一層強める働きをした。


引き出しから肌色の人体のぬけ殻のようなものを取り出す。全身タイツといって、バレエなどに使うタイツに手袋とフードがついたものだ。

ウェットスーツを着るように、タイツの背中から右足を入れ、次に左足を入れる。両足を開いて腰まで引き上げる。左手を入れ、右手で肩口を引っぱって、左手の指の一本一本を入れる。左の肩まで肌色タイツでおおわれ、袈裟《けさ》がけになっている。右手で引き出しからシリコン製の乳房を取り出し、タイツの中に入れ、左胸にあてがう。プヨプヨしていて大きいので少し重たい。左腕で乳房を押さえつつ、右手をタイツに通し、右乳房を入れる。両手で乳房の位置と形をととのえる。背中のジッパーを引き上げる。

振り向くと、彼は両手で胸を隠している。

首から下は女性の体になったのだ。

小学校四年生の時に、妹とデパートに行った。リカちゃん人形のママの新発売を記念したサイン会が行われていたのだ。人間が中に入っている着ぐるみのリカちゃんがいて、人形を買った子どもにサインと握手をしていた。

人間と同じ大きさのリカちゃん、それを見た瞬間、牧瀬にはズシンとくるものがあった。「もうなんともいえず、立ちすくんでしまいました」と牧瀬はいう。「あの日以来、胸の中でモヤモヤってするもんがあって、それが何だかわからないんです」

着ぐるみのリカちゃんを見て以来、彼は仮面を作るようになる。仮面といっても精巧なものではない。白いボロ布をもってきて、顔にあて、後ろで縛り、サインペンで顔を描くのだ。目のところに小さな穴をあけて、鏡の前に立つ。仮面をかぶって鏡の前に立ってみると、自分とは別の人間がそこに立っていて、自分はダンボールの箱の中に入って穴からのぞいているような感じになる。自分の体がさらされていないような感じになり、安心感が得られる。

鏡の前で別の人間になることが喜びになった。彼は少しずつハッキリと自分の欲望を自覚していく。

小・中・高と無数の仮面を作った。ある時はストッキングをかぶったし、ある時は包帯の三角巾《きん》を使った。しかし、仮面姿を誰にも見せたことはない。小学生の時に、母の下着をつけて叱《しか》られたことがあり、自分の欲望は悪いものだと思っていたからだ。

たとえ、悪いことでも、牧瀬の体の中には仮面をかぶりたいという欲望がどうしようもなくあった。

「あのリカちゃん人形を見た時に胸の中でモヤモヤっとしたものは、いま考えるとこういうことだったんです」と牧瀬はいう。「僕もお人形になりたい」


全身タイツの上についたフードをかぶる。おでこに出ている髪をフードの中に押し込む。頭からつま先までタイツでおおわれ、顔だけが出ている。スピードスケートの選手のような格好だ。

彼は白い、何の飾りもないブラジャーを取り出すと、腕を通し、背中でホックをとめる。真っ白なパンティを取り出してはく。両手で左右のお尻の線にそって生地を引っぱり、お尻の肉をおおうようにする。

彼はクローゼットからドレスを取り出す。白いレースでできたワンピースだ。頭からかぶる。ドレスは半袖《はんそで》で、膝の上のところで大きなフレアを描いて広がっている。背中のジッパーを引き上げる。肩口の生地を引っぱり、ブラジャーの肩紐を中に隠す。

黒のエナメルのハイヒールを取り出し、椅子に腰掛けて履《は》き、足首の紐をボタンでとめる。

立ち上がると、スカートの裾《すそ》を引っぱり、ウエストにさわったりして、全体のバランスを見ている。

ハイヒールを履いたので、がぜん背が高くなる。足が細くて長い。首から下だけを見ると、昔の森高千里みたいだ。


高校時代、牧瀬には友だちがひとりもいなかった。自分の欲望を隠しつづけていたからだ。欲望にふれないかぎり本音の会話などなく、話をしてもちっとも楽しくないのだ。彼は鬱屈《うっくつ》して暗く沈んだ日々を送っていた。

父親の暴力からのがれ、仮面をつけてのびのびと自分の欲望を解放したい、それが牧瀬の希望だった。彼は一日も早く家を出てひとり暮らしをしたいと思っていた。

高校を出て自治体職員の仕事に就く。一年間の寮生活のあと、待望のアパート暮らしを始める。

彼がまず最初にしたのはダッチワイフを通信販売で買うことだった。

商品が到着した時、彼はがっかりした。意外と小さかったからだ。彼はダッチワイフを用いてマスタベーションをするのではなく、ダッチワイフになりたかったのだ。つまり、ダッチワイフを着たいと思っていたのだ。身長百五十センチのダッチワイフは彼には小さすぎた。頭部だけでもかぶれないものかと思ったが、ダッチワイフの目は横になると閉じるようになっていて、その仕組みのために内側に出っぱりがあり、かぶることができなかった。

次に彼が手に入れたのは、美容院の練習用のカットモデルだ。首だけのカットモデルから、髪を全部抜き取り、後頭部を切り、中身のウレタンを取り出し、表面のビニールだけにした。顔を少し自分の好みに描き替えて、後ろを紐で縛るようにした。

このカットモデルの仮面をかぶり、黒のボブヘアのカツラをつける。

鏡の前には、デパートのマネキン人形のような無機的で美しく、ちょっと淋しいような表情の女性が立っている。それも生身の体で。

彼はゾクゾクするような快感におそわれた。

牧瀬はこの仮面を「美々《みみ》」と名づけた。

美々とは、小学生の時以来、彼の中で生きつづけてきた少女の名前なのだ。

「美々はね」と牧瀬はいう。「甘えん坊なんです。火事で顔を焼かれちゃって、マスクをかぶらざるを得なくなって、ひとりぼっちで育ってきたんです。でもやさしい人に身請けしてもらって、人形としてかわいがってもらってるんです。そのやさしい人っていうのが僕なんですけど」

彼は自分の扮《ふん》する美々に、様々な衣装を買い与え、毎晩のようにかわいがった。

その後、十以上の仮面を作り、梨沙、由希、綾子などと名づけてきた。

それでもやっぱり、彼にとって一番いとおしいのは美々だという。

「美々の場合は、小学生の頃からずっと一緒にいた女の子ですから」


彼はクローゼットの中から、ビニール袋に包まれたものを両手で大事そうに取り出す。ビニール袋をあけていくと、そこにリカちゃんの頭部が現れる。袋からゆっくりと、リカちゃんの頭を取り出す。左手で頭を持ち上げると、長い金髪が垂《た》れ下がって、獅子舞《ししまい》の獅子頭《がしら》のようだ。彼は両手でリカちゃんの頭を高々と持ち上げると、ゆっくりとかぶってゆく。頭にピッタリとおさまる。

牧瀬はハイヒールを履いているので背丈が二メートル近くになっているが、リカちゃんの頭が大きいので、全体のバランスは人形そっくりになる。

魔法がとけて、人形のリカちゃんがパッと大きくなったようだ。異様な感じを受ける。大きな目、ふっくらとした頰《ほお》、笑っている口元、大きな赤いリボン、腰まである金髪。

リカちゃんが首をゆっくり横に傾けるといった。

「どうですか？　フフフ」

牧瀬はインターネットにホームページを開設した。そこで自分の趣味を公開し、写真を載せ、友を求めた。同じ趣味の人からメールが届き、友だちになった。意外なほど同じ嗜好《しこう》の人は多かった。彼らは自分たちのことをドーラーと呼んでいた。その中のひとりが仮面を作る業者を教えてくれた。

彼はボーナスを全額投入して、業者にリカちゃんの仮面を作ってもらった。頭のサイズを教え、見本の人形を届け、金髪の種類を指定し、長さも伝えた。

「毛足一メートルで注文したんです」彼は嬉々《きき》として話す。「ミニスカートをはいて、髪がスカート丈より長いのが理想だったからです」

彼は最近、このリカちゃんの仮面が一番気に入っている。

一週間に一回程度の割合で、彼は人形になる。年に二、三回、同じような趣味の人たちとパーティをひらき、そこで人形に変身して写真を撮り合って遊ぶ。

普段は公務員としてまじめに働いている。

「普段の生活は目立たず地味にしています。別に仕事で成功しようとかも思いませんし、就職した時から趣味に生きようって思ってましたから」と彼はいう。

親にも、職場の仲間にも、誰にもこの趣味のことは話していない。彼には表の世界と裏の世界がある。

「表の世界でほめられたっていう経験がないんです」と彼はいう。「小学校五年生の時にたった一度だけ、担任の先生がほめてくれたことがあります。すごくうれしかったのを覚えている。それ以外、まったく、誰にもほめられたことがない。親には殴られるし、高校を卒業するまで友だちもいないし、人とうまくつき合えなかったし。それが、こういう世界に入ってから『リカちゃんかわいい』とか、『綾子の仮面、ゾクゾクします』とか頻繁にほめられるようになりました」

裏の世界が牧瀬を支えている。

牧瀬の部屋には姿見が三つある。どれも高さ百九十センチ、幅六十センチと大きなものだ。普段は後ろ向きにしてある。自分の姿を見たくないからだ。

リカちゃんは内股《うちまた》で歩いていくと、後ろ向きになっている姿見をこちらに向ける。一瞬、部屋が大きくなったように見える。

リカちゃんは三面を鏡で囲まれたベッドルームに立っている。彼はリカちゃんになった自分を見る。前も後ろも横も、すべて見ることができる。体の芯《しん》の方から快感が湧《わ》き出してくる。

彼は鏡に向かって様々なポーズをとる。両手を口にもっていったり、体をねじったり、目に手をあてて泣くポーズをしたり、足を開いて股の下からのぞいてみたり、どれもリカちゃんがやっているのだからかわいい。

彼はこれから一晩中リカちゃんになって過ごす。様々な衣装を着る。セーラー服、ビジネススーツ、白雪姫の服、ハイレグの水着、黒い下着……。

親に叱られ、友だちにはいえず、世間からは「変態」といわれていた「悪《あ》しき」自分の欲望。しかし、自分にとっては子どもの時からずーっと大切だった欲望。これを否定されたら生きる意欲を失ってしまう。牧瀬は世間の否定に屈せず、自分の欲望を握りしめて生きてきた。そしていま、彼は自分の欲望を肯定することに成功した。

リカちゃんはフフフと笑うとこういった。

「三十年かかって、やっと念願のリカちゃんに入れたんです」

愛想笑い

「今日もダメだったら、もう契約破棄。金払わないぞ」

席に着くなり、広報広聴課の係長、津村孝（三十二歳）はそういった。

ビデオ制作会社の営業、笹本真一（五十二歳）はボールペンをギュッと握りしめる。隣に座っているディレクターの戸田メイ（三十五歳）は、ビデオデッキを見つめて体をこわばらせている。

ここはT市役所の会議室。市制施行四十周年記念ビデオの試写会が始まろうとしている。広報広聴課が市のビデオ制作の担当課で、市と契約を結んだビデオ制作会社は広報広聴課の意見を聞いてビデオを作っていく。

今日は十回目の試写だ。普通二回程度の試写で完成するのだが、このビデオは何回試写をしても、何度作り直しても、広報広聴課のＯＫが出ないのだ。

広報広聴課長、村田一雄（四十三歳）が席に着き、職員の広田実（二十七歳）と多田美奈

（二十五歳）がお茶を配る。

　笹本が立ち上がる。

「前回の試写の時にご意見をいただいて修正した点をご説明します」

「説明はいいから、見せろよ」津村が大きな声でいう。

「では、上映します」笹本の声が少し震え、怒りが表れている。

〈まずいな〉と戸田は思いながら、ビデオのスタートボタンを押す。

　TV画面に夜明け前のT市の全景が現れる。中央から陽が昇り、家々がくっきりと見えてくる。

　画面を見ながら、津村は手元に配られているシナリオを一回、二回と折っている。

　笹本は気が気でない。というのも、津村はダメだと思う箇所があるたびに、忘れないように紙を折るようにしている。折ったところがやり直しの箇所というわけだ。

　課長はいるが、実作業上の広報広聴課のボスは津村だ。

　津村はここにいる誰よりも自分の方がセンスがよいと思っている。事実、彼はお洒落《しゃれ》だし、映画をよく見ているし、音楽にも詳しい。この日も津村の服装は派手だった。山吹色のシャツに紫色のネクタイ、黒の三つボタンのスーツ、それにちょっと変わった形の眼鏡。丸いレンズの下の方にだけにグレーの縁がついている。

会議が始まる前に、笹本と戸田がこんな会話をしていた。

「ああいう眼鏡、お洒落なんでしょう？」と笹本が戸田にきく。

「ダッサイ」戸田は吐き捨てるようにいう。「本人はお洒落のつもりかもしれないけど、センス悪い。最低。あの係長、ぜったいに目を合わさないのよ。でも、こっちが見てない時に上目づかいで人の表情をうかがってるの。ま、小心者なんだと思うよ」

で、その眼鏡とはこんな形だ。

津村の服装に較べて、笹本の紺のスーツはズボンの線が消えているし、ボタンダウンのシャツに締めているレジメンタル柄のネクタイは下の方が古くなってすり切れて、糸が出ている。戸田にいたっては、今朝まで徹夜で編集作業をしていて、そのまま駆けつけたとはいえ、すり切れて膝《ひざ》の出た黒のコールテンのズボンに毛玉のついた黒のセーター。おまけに胸のところに赤で文字が入っていて、その文字を見ると何年前から着ているのだろうと思ってしま

う。その文字とは、

「Like A Rolling Stone」

　エンド・タイトルが出て、音楽が高鳴り、十五分のビデオが終わる。

「どうでしょうか？」笹本がきく。

　三十秒近く誰も何もいわない。まず、課長のひとことがあってからでなければ、他の人は発言してはいけないことになっているのだ。

「まあ、いいんじゃないかな」村田課長がいう。

「そうかな？」津村が大きな声でいう。「ダメだと思うな。なんで、南町コミュニティセンターの建物全体が写ってないんだよ」

「今回のビデオは、市の施設紹介じゃなくって、市民が参加する街づくりというのがテーマで、人中心なん——」戸田が説明しようとすると、

「それはわかってるよ。だけど建物全体を見せてから、その部分を見せるっていうのが常識だろう？　編集のイロハじゃないの」津村はタバコに火をつける。

「いちいち建物の全景を見せて、画面に名前を入れてたらパンフレットみたいじゃないですか」笹本がいう。

その笹本の発言を無視して、津村がいう。

「美奈ちゃん、あれで南町コミュニティセンターだってわかる？」

部下の多田美奈が答える。

「ちょっとわかんないですよね。看板を映すとかしたらいいと思うんですけど」

「な、わかんないんだよ。建物全体のカットを入れる。わかった？」津村がいう。

「また、撮影しなければなりません」戸田が小さな声でいう。

「えっ、撮影してないの」津村がいう。「おいおい、笹本さん、お宅の会社どんなカメラマンを使ってんだよ。撮影に行ったらまず、全体を撮るのが常識じゃないの？　アマチュア使ってんじゃないの？」

「企画の時からの方針で、このビデオは施設紹介じゃないって――」

笹本がいいはじめると、ドンと津村が机を叩《たた》く。

「いいわけはいいよ」津村がいう。

〈もう一回撮影に行けば、また費用がかかるな〉と笹本は思う。

「撮ってて当然のものがないんだから費用はそっちもちだよ」津村が笹本の気持ちを見透かしたかのようにニッと笑う。

もともとこの仕事は、T市に業者として登録しているビデオ制作会社、十社によるシナリオ競争で決まったものだ。笹本と戸田が相談して書いたシナリオは市の施設紹介ではなく、市民の生活する姿、表情を中心に据えるといったものだった。そこがよくて採用されたはずなのに、試写の段階に入ってから津村ひとりに方針を変えられてきたのだ。

〈受注の作品だから、お金を出す側に発言力があるのはしょうがない〉と営業の笹本はあきらめはじめている。

〈市民が見ていいなと思うものじゃなきゃダメ。市の広報広聴課のために仕事してるんじゃないんだから〉と戸田は笹本に向かっていいつづけている。といっても、彼女も十年以上仕事を続けてきているので、最後は発注者のいいなりになるしかないなとは思っている。

「音楽よくないな、軽すぎる」津村が折っている紙の二つ目をのばしながらいう。「もっと格調の高いワーグナーの『ワルキューレ』なんかをドーンと使ってよ。知ってるでしょう？」

「ええ、まあ」笹本が疲れた声で答える。

「いいCD持ってるからさ、貸してやろうか？　どう、監督さんの趣味じゃない？」津村が例の眼鏡の下から上目づかいに戸田を見る。

「いいですね」戸田が急に明るい声でいう。「ワーグナー使って、ヘリコプターをバンバン飛ばしましょう。（急に声を抑えると）ただし、版権料払わなければいけないんですよね」

「演奏者に払わなければ使えないんですよね」広田がいう。

「広田はいまの音楽でいいの？　いいなって思ってるの？」津村が広田をにらみつける。

「いいか、お前がこの会社のシナリオを一番強く押したんだからな。どうにかしろよ。責任とれよ！」

「…………」広田は黙ってしまう。

「ともかく、迫力ないからさ、曲変えてよ」そういうと津村はお茶を飲む。冷たくなっていたのか「ウヘッ」という。

〈保育園に子どもを送り届ける母親たちの画面でどうしてワーグナーなんだろう〉と戸田は思う。

「美奈ちゃんコーヒー淹《い》れてきてよ。みなさんいい考えが浮かぶようにさ」津村がいう。

〈録音のやり直しかよ。金のかかることばっかりいって〉と笹本は思う。彼が目を上げると、津村が最後の折り目をのばしている。

笹本の胸がキュッと苦しくなる。

「笹本さんびくつかなくていいよ。今度はいいことだからさ。ハハハ」津村は笑う。

「そうですか。うれしいですね。ハ、ハ、ハ」笹本は笑うが頬《ほお》が引きつっている。

「うん」津村は全員を見回す。「笹本さんもやっとこのビデオの意図をわかってくれたみたいだな。そうとう鈍かったけどさ。市長のインタビュー入れてグッとよくなりましたよ。ビシッとしまってきましたよね、課長」

「そうね。あった方がいいね」村田課長が答える。


市長がインタビューの形で「二十一世紀のT市のビジョン」について話すのを二分間入れろというのが、広報広聴課の主張だ。最初のシナリオには、市長のインタビューは入っていなかった。

戸田は「二分間も市長の顔だけを誰が見るんですか」と反発していた。「それに、インタビューした時、市長自身『自分の顔なんか使わない方がいいね』とおっしゃってたんですよ」と主張した。しかし、津村は聞き入れなかった。

前回の試写の頃から、笹本にはわかってきたことがある。このビデオは「市制施行四十周年記念」ということだが、どうやら本当の狙《ねら》いは来年の市長選挙へ向けての市長自身のPRにあるらしいのだ。「市民のためのビデオ」はタテマエで、ホンネは「市長のためのビデオ」なのだ。

笹本が戸田にそういっても、戸田は聞き入れない。

「市長自身が見たら、自分のカットははずせっていうに決まってるわよ」と彼女はいう。

そんなわけで、戸田は妥協して今回、二分のインタビューを三十秒に縮めて入れてきたのだ。

「課長、内線です」コーヒーを運んできた多田がいう。

村田課長は部屋の隅に行って受話器を取る。

「だいぶよくなってきたけど、なんかもうひとつだよなー」津村がコーヒーを飲みながらリラックスして話す。「『タイタニック』みたいにね、ワッ、スッゲーって驚くような画面が欲しいよなー。笹本さん『タイタニック』見たでしょう？」

「ええ、すごい撮影ですよね」笹本は相づちを打ちながら、〈予算を考えてみろよ〉と心の中で叫んでいる。

「ハイ、ハイ、わかりました。すぐに」課長が受話器を置く。「市長がちょっと時間があいたので、ビデオを見たいそうだ。津村君行こうか」

「ハイ。あんたたちここで待っててよ。大幅な直しになるかもしれないからな。ヒヒヒ」津村は意地悪な笑い声を残して出ていく。広田と多田がビデオとシナリオをつかんで後を追う。

会議室には笹本と戸田の二人だけになる。

「市長が見たら、ぜったいどんでん返しですよ。自分のインタビューははずせっていうに決まってるから」戸田がビデオのリモートコントローラーで肩を叩きながらいう。

「でも、こうやり直しが多いんじゃきついよな」笹本がいう。

「赤字ですか？」戸田がきく。

「まさか、いくらなんでも赤字で仕事はしないよ。でも、儲《もう》けがどんどん少なくなるね」

「笹本さん、あんな若造に好きなこといわれて気分悪いでしょう？」戸田が声をひそめていう。

「私ってバカにされやすいのかなー」そういうと笹本は眼鏡をはずして拭《ふ》きはじめる。黒縁のロイド眼鏡だ。

「笹本さん、もうちょっとお洒落な眼鏡にしてみたら」戸田がニコッと笑う。「この仕事が終わったらプレゼントしますよ」

「いやー、気持ちだけでうれしいよ」笹本は眼鏡をかける。「でも、この仕事いつ終わるのかな」そういうと彼はため息をついた。

「もうちょっとですよ。明けない夜はないってね。元気出しましょう」戸田がはげます。

　この後、二人は三十分近く待たされる。

笹本はただボーッとしている。戸田は首を折って寝ている。

ガチャッとドアが開くと、津村が入ってくる。ドサッと椅子に座る。市長への説明がいかにもたいへんだったという態度だ。

「どうも、ご苦労様でした」笹本は津村をねぎらう。

「市長にはひとつひとつ私の方から説明しといたから」津村がいう。

「どうも、ありがとうございます」笹本がへりくだる。

ビデオを持って広田が入ってくるなり、「市長は大満足でした」という。

「ま、市長がOKってことは完成ってことだ」津村がいう。

「あのー、南町コミュニティセンターの画面は撮り直しですよね？」笹本が恐る恐るきく。

「え？」津村は忘れている。

「建物の外形を……」

「ああ、市長が満足してたから、もうこのままでいいよ」そういうと津村は立ち上がる。

「市長はインタビューについて何もおっしゃってませんでしたか？」戸田がきく。

「ぜんぜん。満足してたみたいだな。ともかく、これで万事OK」津村が答える。

戸田はちょっと怒ったのか、音をたてて書類を乱暴にまとめるとかばんに入れる。

津村は出ていこうとする。

「もうひとついいですか？」あわてて笹本がきく。

「何よ？」津村が眉《まゆ》をひそめる。

「ワーグナーはどうしましょう？」

「うるさいなー、市長がいいっていえばすべてＯＫなの。まだ何かある？」

「あのー……」笹本がいいにくそうにしている。

「何？」津村はイライラしている。

戸田が〈もう、やめなさい〉という感じで、笹本をにらむ。

笹本は意を決したように口を開く。

「その眼鏡、どこで買ったんですか？」

六十八回目の恋愛

「何人の男の人とセックスしたんですか？」私がきく。

「うーん、数えたことないからわからないけど、六十人以上、七十人未満かな。百人はいってないですよ」南かおり（三十五歳）が答える。

「その中で恋愛なしのセックスだけっていうのはどのくらいですか？」

「ゼロです」南は大きな目で私をジッと見つめている。「男の人の気持ちはともかく、私はすべて好きになったからしたんです」

　ここは新宿のホテルのラウンジ。私はビールを飲み、彼女はクッキーをつまみながら紅茶を飲んでいる。モスグリーンのＴシャツにモスグリーンのバッグ、パンツは茶色のチェック柄だが、サンダルも手足の爪《つめ》もモスグリーンだ。小柄だが目鼻立ちのクッキリした顔が人目をひく。

　恋多き女、南は、同時に二人の男とつき合ったことはないと断言する。そうだとすると、十五歳の時から男とつき合いはじめたとして、さらにその数が六十人だとすると、平均して毎年三人の男とつき合ったことになる。出会い、好きになり、セックスをして歓《よろこ》びにひたり、しばらくして嫌いになるか嫌われる。つらい会話があって別れ、悲嘆にくれる。そして、新たな出会いがあり、好きになり……というサイクルを南は六十回以上も繰り返したということだ。

なぜ、何度も何度も恋をするのか？

「それは、向こうが私を好きになってくれないからでしょう。きっと」南はティーカップに目を落とした。

南は恋愛についての厳しいルールをもっている。①外見が気に入らなければつき合わない（以前、性格のいい男と結婚寸前までいって、外見が嫌いだからどうしても踏み切れなくて婚約を破棄したことがあるからだ）。②「あなたのことが好きだ」と表明してからでなければセックスをしない。③「好きだ」といったのに相手が他の女とつき合っていたら、自分のことを好きではないのだと判断して別れる。④同時に二人の男とはつき合わない。

六歳年下の石田健一（二十九歳）とつき合いはじめたのは一九九六年の十月だった。

南は音楽関係のライターをしている。その日、石田がベースを弾いているバンドを取材した。取材のあと、石田が彼女を食事に誘った。九月に失恋したばかりの南は気がまぎれるかもしれないと思い、石田の誘いにのった。

目黒の居酒屋で食事をした。

石田はメジャーデビューへ向けての強い野心を持っていた。そのことが石田を生き生きさせていたし、南には魅力的に見えた。それに、会話の中で出てくる石田の広島弁（「――しとっとお」）を彼女はかわいいと感じた。

彼はナチュラル・エクスタシーという媚薬《びやく》を持っていて、ふざけて彼女のレモンサワーのグラスに入れた。それがきいたのか、その夜南は酔っぱらった。そして、彼を家に招き、セックスをした。彼女は〝ルール〟を破った。セックスする前に「好きだ」というのを忘れた。

六十八回目の恋愛が始まった。


「ちゃんと自分の気持ちを伝えてからすべきでした。たまたま失恋したばっかりだったし、前の恋愛は、ふり落とされてもふり落とされても、好きだ好きだ好きだと私がいいつづけてダメだったから、今度も好きだといって拒否されたらイヤだなと思ったし、拒否された時にいまの私には耐えられないなと思ったし、この男の子とすれば前の人を忘れられるかなって気持ちもあったんです」

「どうして男を求めるんですか？　結婚して主婦になりたいから？」私はきいた。

「それはぜんぜん違います」南はちょっと怒って私を見た。「私はライターの仕事がダメになっても、ひとりで生きていく自信はあるんですよ。コンビニでレジを打ってもいいし、旅館の仲居さんやってもいい。ただ、淋しいから、今日こんなことがあったとかいってるのを、かたわらにいて受けとめてくれる人がいればいいんです。彼が何してようが、彼がどのくらい稼ごうが、そんなのどうでもいいんです。ひとりで生きていくのが淋しいからパートナーが欲しいんです」

その後、一カ月に二回程度のペースで二人はデートをかさねている。デートといっても、彼が南のアパートに来て、食事をして、セックスをして、翌朝別れるというものだ。

「彼はあなたにセックスだけを求めてるんじゃないですか？」私は意地悪い質問をした。

「わかってるけど、会ってるとすごくやさしいし、気持ちって育っていくものじゃないですか」南は答える。

南の気持ちの方はどんどん育っている。

セックスのあと、彼女の部屋の真っ赤なカウチに二人は裸で座る。スピーカーから二人の好きなエアロスミスが流れている。

南は彼の上唇にキスをしながらきく。

「どうして前のバンド解散したの？」

彼が南の髪を撫《な》でる。

「パンクバンドじゃ絶対メジャーになれないと思ってさ」

南の鼻先が彼の頬《ほお》にくっついている。

「いまのバンドは？」

彼は南の耳を嚙《か》む。

「ベストのメンバーだし、絶対売れると思うよ」

「売れるといいね」

南が彼の胸に頬をつける。彼は子守歌を歌うようにエアロスミスを口ずさむ。

彼の肺が振動しているのを南は頰に感じる。

♪ドリーム・オン　ドリーム・オン　ドリーム・オン
ドリーム・アンティル・ユア・ドリーム・カムズ・トゥルー
(スティーブン・タイラー作詞、エアロスミス「ドリーム・オン」)

一九九七年六月二十三日。

十日ほど生理が遅れているので南は悩んでいる。石田にいわなければいけないと思った。電話をした。

「心当たりはオレなんだろ？」彼が答えた。

「だってあなたとしかしてないわよ」南はいった。

「もし、妊娠してたとしたら、いまのオレの状態じゃ、産んでもいいとか調子のいいことはいえない」

「バンドが大切だから？」

「ああ、売れるようになるまで金稼げないし、子どものために夢捨てる気ないし」

「そうよね。でも、どうしよう？」

「もし、妊娠してたら、一緒に医者に行くよ。金もオレがなんとかする」

南は、最初に「好きだ」といってからセックスすべきだったと後悔している。彼女が黙っていると、石田のやさしい声がした。

「だからって、オレたちの関係が終わっちゃうわけじゃないしさ」

南は石田の言葉にすがりつきたい気持ちになった。しかし、一方でもうハッキリさせなきゃいけないとも思った。

「夜中に部屋に行ったりする女の子が私の他にもいるの？」南はきいた。

「べつにそんなことといいだろ」

「ちゃんと教えて。いるんでしょう？」

「まあ」

「そう……」

電話から石田の声が聞こえたが、南には何をいってるのかわからなかった。

「いつかハッキリさせなきゃいけない時が来るんですよね。私はすごく好きだし、このまま続けて、彼の気持ちがこっちに向いてこないかなーって思ってるんですけど、これからの彼の出方次第ですねー……」

そういいながら、南は無意識に親指と中指で口の両端を押さえている。不安になるとする仕種《しぐさ》なのかもしれない。物思いに沈みこんでいる。フッと小さなため息をつく。

「あ、私つらくなっちゃった」

電話した翌日、生理がきた。

しかし、南は一度彼の気持ちを問いただしたからにはハッキリさせなければと考えている。

彼女は手紙を書いた。

石田を好きだということ。恋人にしてほしいということ。石田はバンドがまだ売れていないから恋人はつくらないというけれど、それは言い訳で、結局私に魅力がないのだと私は理解するということ。もし恋人にしてくれるのなら他の女の人とは別れてほしいということ。好きじゃないのならば、アパートに来て、食事をして、セックスをするだけの関係を続けていくことは、もうできないということ。


「何枚くらい書いたの？」私はきく。

「五枚くらい。ワープロでですよ。A4ビッシリ、長いですよー。あんなに原稿書いたら五万円くらいになってますよ」南は明るく答える。

「どうして手紙を書いたの？」

「ハッキリ気持ちを聞きたいから。だって、ダメならダメでいったんゼロにしないと次に進めないじゃないですか」

「彼の気持ちをつかむための努力はしないんですか？」

「人の気持ちは努力ではつかめないでしょう？　立場が逆の時のことを考えても、好きじゃない人に努力されたらうざったいだけじゃないですか」

「どんな返事を期待してるんですか？」

「私はあなたの彼女になれませんかって書いたので、彼女になれることを期待してますけど、でも、たぶんダメじゃないかなって」

「どうして？」

「手紙送ってからもう五日になるんですよ。返事は電話で下さいって書いたんですよ。もうきっと終わりですよ。どうしていつも終わりが来るんですかね」


二日後に私は南に電話をした。彼からの返事はまだなかった。

「もうダメですよ」南の声がかすれている。

「ライブがあるとかいってたんでしょう。それが終わってからじゃないかな」私はなぐさめる。

「関係を簡単に考えている男の人たちが多い気がするなー」南がポツンといった。

「そうかなー」私がいう。

「おとといの夜ね」と南が話しはじめた。

おとといの夜、一年くらい前につき合っていた男から電話があった。「いま、駅からかけてるんだけど、電車がなくなっちゃって、ちょっと行ってもいい？」という。懐かしかったので「いいですよ」と彼女は答えた。彼はやって来た。まるでつき合ってた頃の調子でスイスイと部屋に入ってきた。南が「元気だった？」というのを聞きもしないで、彼は南の手をひっぱって抱き寄せた。南はびっくりした。「ちょっと、ちょっと」彼を制した。しかし、彼の手は南の肩をつかんで放そうとしない。

「もう、いいかげんにしてよ」彼女は怒った。彼はやっと手を放した。南はコーヒーを淹《い》れながら、「今どうしてるの」などと話しはじめた。二、三分もしないうちに「オレ帰るよ」と彼がいった。スッと立ち上がると、振り向きもしないで玄関から出ていった。

「ったく、どいつもこいつもどういう考えしてんのって感じですよーォ」電話口で南は怒っている。


手紙を送ってから十日後の午前三時、電話が鳴った。南はベッド脇《わき》のワイヤレスの電話をとった。

「手紙、どーも」石田の声がした。子機はノイズが入る。

南はシッカリ聞かなければと思い、「ちょっと待って」というと、ベッドを出て玄関に行き、コードの付いた受話器をとった。

「読んでくれたの？」南はきいた。

「うん。すごくいろいろ考えてたんだなと思った。オレは軽い気持ちで会ってたんで、なんか申し訳ないような気持ちになった」

「そんなことない。私の一方的な思いを書いただけだから」

「ああ、でもオレ、女が待ってる家に帰るような心境じゃないんだよ。バンドやってて大学中退したし、親の期待裏切ったし、これでメジャーになんなきゃ、立つ瀬ないんだよ」

「わかるよ。そういうとこ好きだよ。だから、私はあなたの負担になんかならないわよ。経済的にも精神的にも」

「負担にならないなんて無理だよ」

南は彼のいうことを理解した。でも本当に好きで、私を逃したくないと思えば、そんなの理由にならないはずだと考えた。

「わかってもらえないかもしれないけど」石田が話しつづけている。「もしも、オレの夢が実現したら、オレはいまもってる物をすべて取り替えるつもりなんだ。住まいも車も服も」

「つき合ってる女もでしょう？」南は疲労感を覚えはじめた。

「そうかもしれない」

「わかりました」南は電話を切りたくなっていた。

「メジャーになって、自分のランクが上がって、もうここでイイと思った時に、自分の女を決めたいんだ」

「とってもわかりやすい話ね」南はそういうとガチャッと受話器を置いた。

〈テメーなんかメジャーになれるわけねーよ。バーカ〉

電話を切ってからしばらくの間、悪口と笑いが同時にこみ上げてきて仕方がなかった。おまけに涙も。

こうして、南の六十八回目の恋愛は終わった。

インポテンスの耐えられない重さ

ある日突然できなくなった。

インクの切れたボールペンのように。羽の折れた鳥のように。

「仕事で悩んでることがあるんじゃないの」ベッドの中から妻がいった。

思いあたるような仕事上の悩みはない。体調だっていいし、性欲だってある。

何かちょっとした手違いのようなものだと思った。軽く考えようとした。

ところが、翌週もまたできなかった。

セックスをしていると突然、白い風が頭の中で吹く。この風が吹くとセックスが単なる物理的結合として見えてくるのだ。こうなるともうダメ。ペニスは穴を開けた風船のようにしぼんでいく。

〈インポテンスかもしれない〉

〈まだ三十代だっていうのに〉

憂鬱《ゆううつ》な気分が日々を覆う。仕事をしていても、街を歩いていても、映画を見ていても、プールで泳いでいても、どこか鬱々とした気分が体に沈殿している。

三十八歳の時だ。

それから、四十三歳までの五年間、セックスレスの生活をした（四十五歳まで二十年近く結婚生活をして、その後離婚）。

セックスレスの日々、私はマスタベーションを友として過ごした。トイレや自分の部屋で、ひとりの時のベッドや出張先のホテルで……。見つかると恥ずかしいので、わずかの時間でサッサとやった。

おかげで早漏になった。

マスタベーションでは満たされない欲望があった。それは他人の肌にふれたいという欲望だ。手を握ったり、髪を撫《な》でたり、耳とか胸とか足とかにさわったり、さわられたりしたいと思った。

〈他人の肌にふれたい！〉飢餓感がつのった。

自分の手でならできるのだから、インポテンスではないと私は結論した。

セックスフレンドをつくろうと思った。

女友だちのＹ（三十六歳）に電話をした。以前英会話のクラスで一緒になり、気の合った人だ。彼女には夫と子どもがいるが、夫を嫌っていて、別れたいといっていた。

デートをした。食事をして、散歩をした。お酒を飲み、ジッと目を見つめ合った。

「あなたとセックスをしたいんですけど」私がいった。

「いいですよ」Yが答えた。

マスタベーションをしている時に空想していたこと、ああしたい、こうしたい……という
かなりイヤらしいこと（たとえば、○○とか○○○とか○○○○とか）を舌なめずりするよ
うに実行した。Yも応じてくれた。めくるめくような淫乱《いんらん》な夜。

ところが、できなかった。

いざ、彼女の膣《ちつ》にペニスを入れようとした時に白い風が吹いた。ペニスが縮む。焦った。

私は手でペニスをしごいた。ギュウギュウしごいた。しかし、ペニスは私の手の中で小さく
なっていくばかりだった。

「ごめん、ダメだ」私はいった。

Yはなぐさめるようにこういった。

「はじめはうまくいかないことって多いのよ。気にしないで、次は大丈夫だから」

ところが、次もダメだった。

ふたたび彼女は私をなぐさめた。

「勃起《ぼっき》しなくてもいいわよ。私はあなたとセックスするよりも恋愛がしたいんだから」

私はYのことがそれほど好きではなかった。ゴメンナサイ。〈恋愛感情をもたれると困るな〉と思った。

「私が欲しいのは、ひと月に一回くらい会って、セックスをする関係なんです」私はいった（勃起しないくせに）。

ホテルを出て、夜道を歩いた。私が次に会う日のことをいいはじめると、Yが「悪いんだけど」といった。「恋愛なしの二人マスタベーションなら家でやってるからいらない」

「二人マスタベーション」ね。フム。

私はふられた。


「勃起しなくてもいいわよ」とYはいった。しかし、勃起しないよりはした方がいいに決まっている。ペニスが少し勃起すると、彼女はうれしそうな顔をしていた。

女性が書いたり、話したりしているセックス体験記を読むと、いざという時に勃起しない男性が、あしざまにいわれている。最低男だという。

〈これって、私のことだ〉と思う。

「勃起しなけりゃ男じゃない」というプレッシャーに私は押しつぶされそうだ。

私は臆病《おくびょう》になった。

たとえば、女性と仲良くなる。デートをして、食事をして、お酒を飲みながら楽しい話をする。お互いに惹《ひ》かれているのがわかる。カウンターの下で膝《ひざ》がふれ合う。見つめ合う。夜の十一時。

しかし、その先のことを想像すると、私は女性を誘うことができない。

「そろそろ電車がなくなるから帰りましょうか？」などといっている。なさけない。

〈膣にペニスを入れた時の、あのとろけるような快感はもう一生味わえないのだろうか〉

〈インポテンス？〉

医学書を読み、テストをしてみることにした。

テストというのは、夜寝る前に、細く切った半紙をペニスに巻きつけておき、朝起きた時に切れているかどうかを見るというものだ。切れていればインポテンスではない。

夜、トイレに入り、用意しておいた半紙をペニスに巻きつけてしばった。

翌朝、トイレに入りパジャマとパンツをおろした。半紙がない。あれれ？　パンツの中にもパジャマの中にもない。ベッドの中を探した。ない。ベッドの下を探した。あった。丸い輪っかになったままでそこにある。夜中私は何をしていたのだろう？

その頃、私はインタビューをして文章を書く仕事をしていた。インタビューをした相手の中に二十六歳のOがいた。彼女の笑い声や仕種《しぐさ》が気に入った。親しくなった。

精力剤を手に入れようと思った。薬局に入って買うのが恥ずかしくて、店の前を四回くらい往復した。ともかく、いちばん効きそうなヤツを買った。

「使用上の注意」には、事におよぶ一時間前に飲むこと、と書いてあった。

デートをした。食事をしてから、バーに行った。楽しい会話から、ちょっとHな話になり、手を握ったら彼女も握りかえしてきた。

「すみません。ちょっとトイレに行ってきます」私はそういうと席を立った。

トイレに入ると、ポケットから精力剤を取り出した。アンプル状になっている。先っちょをポキッと折り、ついているストローで吸う。チュルチュルチュル。

席に戻り、Oを見つめる。彼女がニコッと笑う。私の下半身がなんとなく温かくなってくる。薬が効いてきたみたいだ。ヨシヨシ。いまがチャンス。私は勇気を出していった。

「ねえ、ホテルに行きませんか？」

「ごめんなさい」Oがいった。「今日はダメなの」

私は決心して、医者に行った。

「精神的なものですから、ゆっくり治療するしかないんですよ」医者がいった。

「すぐに効く薬ってないんですか？」私はきいた。

「ありますよ」

「柴胡加竜骨牡蠣湯《さいこかりゅうこつぼれいとう》」という漢方薬をくれた。

Oに会う一週間前からその薬を飲んだ。医者の保証する薬を飲んだと思うと不安は消えた。自信さえ湧《わ》いてきた。ポパイのほうれん草のような感じだ（あとでわかったことだが、「柴胡加竜骨牡蠣湯」の効能は、たんに精神を安定させることだけだった）。

ホテルに行き、ベッドに入った。勃起した。

私はゆっくりとペニスに力をこめて、押し入るようにしてOの中に入った。五年ぶりのことだ。その押し入るように入る感じが気持ちよくて、入ると同時に射精してしまった。

二回目にセックスした時も同じだった。すぐに射精した。

インポテンスのあとは早漏だ。

私は医者を訪ねた。前とは別の医者だ（同じ医者だと恥ずかしいと思ったからだ）。

「早漏なんですけど……何か薬はありませんか？」私はきいた。

医者は右手を丸めると下腹部に置き、

「自分でやる時に訓練すれば直りますよ」とまじめな顔でいった。

私は早漏を直す訓練をした。時計を置き、マスタベーションを始める。射精しそうになったら止める。最低十五分は射精しないようにがまんする（四十代の男のやることだろうか）。

二十六歳のOは市役所でアルバイトをしていた。アルバイトは生活費を稼ぐためだった。〈自分は何になりたいのか、どんな生き方をしたいのか〉Oはいつも悩んでいた。

私たちは週に一度会った。会うと「ホテルへ行きましょう」と私は誘った。

六度目の時に、Oは「行きたくない。セックスよりもおしゃべりをしたい」といった。私たちは喫茶店に入り、三時間くらい話をした。話す彼女を見ているのは楽しかったが、正直にいって二十六歳の女性の話はつまらなかった。ゴメンナサイ。

七度目に会った時も、「ホテルへ行きましょう」と私はいった。

「イヤ」とOはいった。「私は毎週毎週、遊んでるわけにはいかないんです」

四十代の私が現在を楽しもうとしているのに対して、二十代のOには将来に向けて考えなければならないことや、やらなければならないことがたくさんあったのだ。

「会いたくなったら、いつでも電話して」私はOにいった。

最終電車に乗りこんだOは、車窓ごしに泣きそうな顔をしていた。私は電車が暗闇《くらやみ》にすべりこんでいくのを見送った。

その後一度も、Oからの電話はない。

私が求めていたのはセックスフレンドだった。ところが、Oが求めていたのは人生相談の相手だった。

セックスのみの関係でひとりの女性とつき合いつづけることは難しいとわかった。だいたいセックスだけで相手を惹きつける力は私にはない。インポテンス・オア・ソーローだもんな。

〈もう、快楽を求めてもがくのはやめよう〉

私は盆栽趣味の老人のように生きていこうと思った。四十五歳の時だ。


Oと別れてからセックスレスの日々が一年近く続いた。

高校の同窓会があり、そこでKと会った。Kは一学年下の後輩だ。学生の頃のKは目が大きく鼻筋のとおったかわいい顔立ちをしたお嬢さんだった。二十数年ぶりに会ったKは顔にシミが浮き、目尻にシワが刻みこまれ、中年の女になっていた。話を聞くと、フリーのデザイナーとして生活費を稼ぎつづけてきたのだという。結婚し、離婚していた。それなりの苦労をしてきた大人の女がいるなと思った。若い頃の顔立ちのなごりの中にあるシミやシワを私は美しいと感じた。

私の中に愛《いと》しいという感情が湧きあがってきた。しばらく会わなかった娘が、苦労して大人になったのを見るような感じだ。

私たちは何度かデートをし、恋に落ちた。

二人で金沢に遊びに行った。ホテルに泊まった夜、部屋に入り、抱き合ってキスをした。私が彼女の上着のボタンをはずそうとしたら、

「服ぐらい自分で脱げるわよ」とKがいった。

私はセックスの時は、男性が女性の服を脱がしてあげるものだと思いこんでいた。いろんな思いこみが私にはある。

セックスをしたあと、Kがこういった。

「あなた、いままでどんなセックスをしてきたの？」

「よくなかった？」私はきいた。

「いままでに誰かにいわれたことない？」Kがきく。

「ぜんぜん。最悪だったの？」

Kはすこし躊躇《ちゅうちょ》していたが、小さくうなずくとこういった。

「乱暴だし、痛いし、落ち着きがないし、まとはずれなところばっかりさわるし……」

セックスについてほんのちょっぴり残っていた私のプライドが粉々に砕け散った。

「嫌いになった？」私はきいた。

「ちょっとがっかりしたけど、嫌いになったわけじゃないわ」

〈ホッ〉

「それから、セックスしてる時に会話がない」Kがいった。

「セックスに会話が必要なの？」私はきいた。

「もちろんじゃないの」Kは啞然《あぜん》とした顔をしている。「会話なしで、どうやってお互いの気持ちよさを見つけていくの？」

私は不安になった。

「ねえ」私はきいた。「あなた、私とセックス続ける気ある？」

「だから、文句いってるんじゃないの」そういうとKはニコッと笑った。

〈ホッ〉

「ねえ、あなたって私を喜ばそうと思ってセックスしてない？」二回目のセックスの時にKがいった。

「もちろんですよ」私は答えた。

「あなた自身が気持ちいいって感じが伝わってこなくて、楽しくないのよ。何かのお手本をなぞってるみたいで、胸をさわっていたと思ったら、お尻をさわるし、お尻をさわってると思ったら、あそこをさわるし、体位だって次々に変えて、まるで早送りで見るラジオ体操みたい」

正直なところ、私は何をどうしたらいいのかわからなくなっていたのだ。

男の快感構造は簡単だ。ペニスを摩擦して、射精に導けばいいのだから。ところが、女性はオッパイをさわられて感じる人もいれば、感じない人もいるし、膣にペニスを入れられて気持ちよい人もいれば、全然気持ちよくない人もいる。よくわからない。でも〈男がリードしなければ〉とだけは思い、暗中模索していたのだ。

「自分のしたいことをまずひとつだけゆっくりと気持ちをこめてやってほしいの」とKがいった。

「いろんなことしない方がいいの？」私はきいた。

「あれこれやられると、気持ちがよくなってきたなーってところで、また一からって感じなのよ」

こんなふうに、Kは私に注文を出す。

「射精しそうになったら、動きを止めてがまんして」

「むっつり黙ってしないで、スキとか気持ちいいとかいってよ」

注文を出されるなんて、私にとってははじめての経験だった。

考えてみると、私のセックスについての知識は、ポルノと友人の話と『モア・リポート』

だけで成り立っていた。目の前の女性から学んだことがない。

二回目のセックスの時、Kはオーガズムに達した。

Kと出会うまでに私は五人の女性とセックスを経験していた。五人のうちオーガズムを得たものはひとりもいなかった（と思う）。私が無知で下手《へた》だったからなのだ（と思う）。なんでみんな黙って応じてたんだろう（とも思う）。

Kはセックスをするたびにオーガズムに達する。私はそれがうれしくて仕方がない。私がペニスをこするといつでも気持ちよくなり射精するのと同じように、彼女は自分の性器の使い方を知っている。

ある時、コンドームをつけようとしたら、ペニスが萎《な》えた。〈また、なったかナ〉と思った。

「ごめん、ダメだ」私はいった。

「自分からしようといったのに」Kはそういうと、ペニスを握る。私は気分を高めようとした。しかし、勃起しないいんじゃないかという不安がかすめる。白い風が吹く。〈ダメかな？〉目をつぶり気持ちをペニスに集中する。〈やっぱりダメだ〉と思った時、Kがペニスを膣に入れた。快感がジワッときた。その快感をのがすまいと思ってピストン運動をした。

ゆっくりとペニスが勃起しはじめた。

この経験から、私はペニスが萎えてもどうにかなるかもしれないと思うようになった。

「医学書には、深刻にならず、男性をリラックスさせましょうって書いてあるけど、そのことにふれないようにしてたら、次も予知不安に陥って勃起しなくなると思うの。やりはじめたら無理矢理にでもやった方がいいと思うの」とKはいう。

インポテンスの心配があったこと、早漏の不安があったことなどを私はKに告白した。

Kはいった。

「私となら、きっと大丈夫」

根拠のないKの自信だが、私はなんだか安心した。〈相手にまかせた〉という気持ちになった。

〈セックスの時にリードしなければ〉とか〈勃起しなければ〉という、いわゆる「男らしさ」のプレッシャーがあって、それが私をインポテンスにしていたような気がする。

しかし、正直なところ、いつまた、白い風が吹き、しぼむかもしれないという不安はある。

四十代後半にもなって、まだセックスについて悩んでいるなんて、二十代の頃には思いもよらなかったことだ。

部屋に入ると、Kは振り返ってあとに続く私を見る。ニコッと笑う。いつもの笑顔！　私の心がとける。

だらしなくニターッと笑って私はKの腰に両手を回す。Kが私の首に手をかける。私はゆっくりとKの唇に自分の唇を近づけていく。ここは都内のシティホテル。午後六時。

お互いに仕事を終わらせて、いま、かけつけてきたところだ。

「どうする？」Kがきく。

「食事をしてからするか、いまして食後にまたするか」私がいう。

「どっちでもいいよ」とK。

「いましたい」と私。

「じゃ、しよう」そういうとKはサッサと上着のボタンをはずしはじめる。

実演販売の男

昔からデパートには実演販売をする男がいた。ある時は大根おろし器を売っていたし、またある時は芋の皮剝《む》き器を売っていた。包丁も、ワインの栓抜きも、密閉性の強い瓶《びん》の蓋《ふた》も売っていた。

日曜日などで人通りが多く、客が集まり、男が調子にのっている時は一見華やかだけれど、ワイシャツにエプロンをつけた姿とか、喉《のど》をつぶしたような彼の声とか、ひとりで商品を片づけている様子とかには、どこか孤独な感じが漂っていた。

あの孤独な感じは何だったのだろう?

十一月二日(日曜日)、連休の真ん中の日、午前九時三十分。山口四郎は、日本橋のTデパートに入る。このデパートで一週間、彼は調理器の実演販売をしている。

九時四十分。デパートの職員たちの朝礼に出る。

十時。デパート開店。山口の売場は六階の家具雑貨のフロアーにある。階段横のスペースに台所ふうにしつらえたコの字の台がある。彼はその中に立っている。向かいはタオルやハンカチなどの贈答品売場。そこの女性店員もジッと立って、客の来るのを待っている。

ひとり目の客がやってきた。

「いらっしゃいませ」四方八方から声があがる。いっせいに声をかけられ、客はあがってしまう。

十時三十分。山口は売場を空っぽにして、デパートの外に出る。喫茶店に入り、コーヒーを飲み、新聞を読む。

十一時。喫茶店を出た山口は、八百屋でみかんを買う。実演の材料なのだ。山口が使う材料は、大根、キャベツ、玉ねぎ、ごぼう、ピーマン、りんご、トマト、みかん、レモン、しょうがなどだ。ほとんどの材料は初日に買い、八百屋に運んでもらっている。

山口はみかんの袋を手にブラブラと中央通りを歩く。

「午前中は商売にならないんですよ」と山口はいう。「ブラブラと歩いてるように見えるでしょうけど、気持ちが徐々にね、準備していくんですよ。デパートに帰り、エレベーターに乗って、売場が近づいてくるとね、心の中でかけ声をかけるんです。『よしっ、やるぞ！』って」

十一時三十分。山口は売場に立っている。背は低いががっしりした体をし、苦労したものだけが持つやさしい顔をしている。ちょっと川谷拓三に似ている。ワイシャツにネクタイ、その上に黒のエプロン。エプロンの胸には金でＳＯＮＩＡ　ＲＹＫＩＥＬと刺繍《ししゅう》してある。運動靴に履《は》きかえる。革靴に野菜の切りくずがつくととれないのだという。

山口は二十八年間この仕事を続けている。現在五十歳になる。

高校を中退してフラフラ遊んでいる時にデパートでアルバイトをした。そのアルバイト仲間に実演販売をしている男がいて、「お前、口が達者だからやらないか」と誘われた。山口はお雛《ひな》様と五月人形の販売からスタートした。売り方については誰も教えてくれなかった。人の売り方を見て真似《まね》をした。

実演販売はテキヤと違って路上での販売はしない。様々な店の一画を借りて、売り上げの何割かをその店に払う。その店が街の雑貨屋だろうと都心のデパートであろうと同じことだ。店にとっては現金が入るし、客も集まるという利点がある。小さな商店街は普段あまり現金が動かないので、山口たちは歓迎されるのだという。

商店街やスーパーマーケットをまわっているうちに、「上手だからデパートでやってみないか」と同業者から声がかかった。

「面白いことにこの仕事にもランクがあって、上手になるとクラスが上がっていくんです」

と山口はいう。

十二時二十五分。デパートの社員が交替で昼休みをとりはじめる。
「みなさん、いままでの調理器ってね、こういうタイプのをおもちの方が多いですね……」
山口が話している。聞いている客はひとりもいない。

十二時四十分。山口は売場を離れる。職員用の休憩室に入る。椅子に座ると、タバコに火をつける。
「お昼でも食べてノンビリ歩くようにならないと、なかなか立ち止まってくれませんよ。それに、連休は意外と客が少ないんですよね」山口は少し弱気になっている。

山口が実演販売をするデパートは東京だけではない。声がかかれば地方にも行く。しかし最近は、地方での売れ行きが悪いのだという。
「一週間くらい、仙台とか盛岡へ行くんですけどね。最近は売れないで帰ってくることが多いんです。新幹線に乗って、座席に座って、ため息ついて、呆然《ぼうぜん》としていますね。そんな時は盛岡から東京までが長いんですよ。なんでこんな仕事してるのかなーと思いますね」

午後一時。山口は休憩室に入ったままだ。

売場の方では、客が近づいてきて、商品の調理器を手にとって眺《なが》めている。釣り師がいないと魚が集まる、そんな感じだ。

一時二十分。「よしっ！」と声を出して、山口は立ち上がる。

売場に入った山口は、キャベツを手にする。

「みなさんがキャベツの千切りといいますと」通りのいい声でしゃべりはじめる。「どこのご家庭でも、一度はこうやってますね」

二人連れの中年女性が、二メートル向こうで立ち止まって見ている。

「必ず葉っぱを巻く、それを上から叩《たた》いて切ってますけど、これ、見た目が絶対おいしくないですね」

通りかかった女性が正面に立って見はじめる。

「ご覧下さい。なんとなくにがそう、ね。ところがトンカツ屋さんのキャベツって、丸いのを四分の一に切ります」

子どもを抱いた若い夫婦が立ち止まる。

「これだけ厚いものを切るんですから、トンカツ屋さんの使ってる包丁って幅があって長いんですよね。だから危なくないんであって、どんなに腕がよくったって、みなさんのご家庭の包丁でこんなことやったら危なくてしょうがないでしょう」

若い夫婦が立ち去る。見物人は二人の中年女性のみ。

山口は商品の調理器を取り出す。

「そういう時に、お客様、この調理器の後ろのネジをゆるめます。ネジをゆるめた時に、どこが動くかを見ておいて下さい」

山口が二人の女性の前に調理器を差し出して見せる。女性たちがのぞきこむ。老夫婦が近づいてくる。若い男性三人連れがめずらしいものでも見るような感じで立ち止まる。

山口が調理器の上にキャベツを滑らせて、シャッ、シャッ、シャッと千切りキャベツをまな板の上に落としはじめる。

「ですから、細くしたい時はここの間をうーんとせばめてから切っていただけたら」

細いキャベツが山のようになる。そのキャベツをつまみ、客の方に見せる。

「このキャベツなんですけど、いかがでしょうか？　お客様。糸のように細いでしょう。これはもう、包丁で切れる限界を超えておりますよね」

中年の女性三人が加わり、見物人は十人近くになる。

山口は話しながら、手を動かし、キャベツの千切りを作っていく。

「プロでもここまではなかなか切れないと思います。ただ、これだけ薄く切りますと、どこが葉っぱでどこが芯《しん》だかわかりませんから、みんな食べられますね。トンカツ屋さんのキャベツは甘みがあるっていうのは、芯が全部入ってるから甘みがあるのね」

正面にいた女性が財布を取り出し、箱詰めされた調理器に手を伸ばす。

「これおいくらですか？」女性がきく。

「二千五百円です。奥様、たいへん恐縮なんですが、レジで全部やってますので、レジにお持ち下さい」

この日、最初の売り上げだ。

山口はこの八年間、調理器だけを扱ってきた。

新製品が出ると、問屋から実演販売の実力のある人に連絡がいく。こういう商品ができたので扱わないか、と。その人が新商品を扱い、さらにその次の力のある人に連絡をする。下に行くほど利幅は小さくなる。

山口はトップの次のグループ程度の実力だという。

売れる商品を扱った方が売り上げも伸びるのではないだろうか？

「どんな商品を扱ってようが、売れる売れないは場所なんです」と山口はいう。「一に場所、二に場所、三に商品。売り子の技量はその後ぐらいです」

日本中で一番売れる場所は新宿のデパートで、そこで売っている人がトップクラスの実力者なのだという。

売り子の技量とはどんなことをいうのだろう？

「話術がひとつ。もうひとつは手先の技ですよね。こういう調理器なら上手に使ってみせることが大事だし、包丁だってうまく使えなきゃダメです。でも、最後は気力なのね。不思議なことに気力が入ってないと、どんなに上手に説明しても売れませんね」

一時三十分。三人の若い男性が去り、一組の夫婦が立ち止まる。さらに中年の女性がひとり、二人と加わってくる。遠巻きに少しずつ客が増えている。

山口は玉ねぎを出し、他社の調理器で切りはじめる。

「各メーカーのお道具でやってみます。このオニオンスライスどうでしょう。これハッキリいって、奥様方、包丁でもできますよね」

山口は自分の売っている調理器を取り出す。

「このお道具はね、ネジをゆるめていただきますと、厚く切れます。カレーライスに使うような玉ねぎですね。次にうすーく切りたい時にはネジを締めて下さい。玉ねぎのツヤが違います。ご覧下さい。向こうが透けて見えるほどですよね。これが本来のオニオンスライスというものです」

山口が話している最中に、二十代の女性が商品を手にレジに向かう。その背中に「ありがとうございます」と山口がいう。

　彼は縦に半分に切ってある大根を取り出し、かつお節削りのように調理器の上をすべらせる。

「まず桂《かつら》を取ります。ただなにげなく取っているこの桂剝《む》きができませんよね、包丁じゃ。えー、桂に取ったものの真ん中を包丁でまっすぐに切って下さい。それから斜めに切ります。そうしたらね、お客様、指に巻いていくだけです。いかがでしょう。菊でございます」

　十数人の客の目は全部、山口の手元を見つめている。次々に動く手、途切れることのないおしゃべり、ここにはある種の催眠効果がある。正面に陣取った五人の中年女性たちは二十分近く動かずに話を聞いている。ときどきうなずく。

「〈できない〉とか〈難しい〉といったことを思い出させない」と山口はいう。「しゃべってる最中は、お客さんからそういう気持ちを完全に消しちゃうんです。話してて、完全にコミュニケーションができた時はね、たとえ〈あ、この人買って帰っても使わないな〉と思っても、それに相手も〈これを買っても使わない〉と思っていても、それでも買って下さる方がいるんですよ」

　二時十分。正面にいた五人の女性が次々に商品を手に取ってレジに向かいはじめる。「ありがとうございます」山口がいう。客の壁がくずれて少なくなる。

山口は再度、キャベツの千切りを作りながら話を始める。するとまた客が集まる。客の数は波のように増えたり減ったりを繰り返す。

「ここで見て帰っても、家に帰るとできないんですよね」かたわらにいた中年の女性がポツリという。

「みなさんそういうんですけどね」山口は質問した女性にではなく正面を向いて話す。「そういう方の持ってる調理器がだいたいこれなんです」他社の調理器を示す。「これで大根の桂剝きが取れるでしょうか。買って帰ってできないと、売場でやってるヤツがうまいんだというんです。ところが、うまいといわれた私がやっても、この調理器ではできないんですね」

大根がうまく削れずに、半分の大きさで調理器から落ちる。次に自分の調理器を取り出して他社のものと並べてみせる。

「これとこれ、見分けのつく人はなかなかいませんね」

「ここのところが違う」と正面の女性が指を差す。

「ええ、そういうことです。奥様のおっしゃるとおりです。私の扱っている調理器は手前のところが下がっている。ここに特許をいただいてるんです。ですから長い大根も刃の面と平行になって、このように長い桂剝きが取れるんですね」

　カンナで削ったように長くて薄い大根が落ちる。

「お客が集まってきたなかで、『これ家にあるけど使わない』という人を無視してたらダメなんです」山口はいう。「せっかく集めたお客さんが〈そうよねー〉ってムードになったら絶対に売れませんから、そういう時は何らかの対抗策をうつわけです。『買ってって使わないの？　買ってったけど使い方を知らないの？　どっち？』っていうんです。そうすると『まだ使ってない』とか答えるわけです。ここで負けると、せっかくお客さんを抱きこんできた努力が全部無になりますからね」

　客への対応について、山口の話に熱が入る。

「『家で使ったけどできなかった』っていうお客さんもいます。その人にすぐに正しいやり方を教えちゃダメなんです。教えたら、『私そうやったわよ、でもできなかったの』って言葉が必ず返ってきます。『このとおりにやればできるんですけどね』と私がいう。『やったけどできなかったのよ』とお客さん。もう繰り返しです。答えが出ない。お客さんは負けるのが嫌いなんです。で、どうするかっていうと、最初に野菜を与えちゃうんです。『どうやって切ったの？　やってみせて』って。で、相手がやる。『あ、それじゃできません。こうやらなきゃ、ね』『ああ、そうだったの』これで終わるんです」

　二時三十分。客は入れ替わるが常時十人くらいがついている。立ち去る客の三割くらいが、商品をレジに持っていく。山口は客の波をつかんで放さないように、話しつづける。わずか十秒間さえ黙ることがない。手も動かしつづける。大根の桂剝きで花を作ってみせている。

「バカバカしいほど簡単だから覚えて下さいね。桂剝きに取った大根、真ん中まっすぐに切ります。斜めに切れ目を入れます。伊豆の旅館なんかに行くとよく出てくるお料理、菊の花ですね。伊豆じゃなくてもいいんですよ、草津でもどこでもね。奥様、今考えたでしょう、最近温泉行ってないわねって」

「ワー、ハッハッハッ」正面に立っている三人の中年女性たちが笑う。山口は調子にのっている。

「とにかく旅館なんかで出てくる菊なんて簡単なんです。次は、これ、何でしょう？　切ったら、これご自分の指に巻くんです。すでにこのあたりで感動してますね。奥様、目が潤んでますよ」

　同じ三人がさらに大きな声で笑う。

「はい、バラの花ですね」

午後七時。デパート閉店。レジにいた女性が山口のところへ来て、一枚のレシートを渡す。山口は軽く頭を下げて受け取る。彼はレシートを見るとニッコリ笑った。売れたのだ。

午後一時二十分から三時までぶっ通しで話しつづけ、その間、客の山は一度もくずれなかった。今日はイケるという感触が山口にはあった。三時に食事に行き、戻ってからもうひと山と思った。しかし、それからはあまり客が集まらなかった。三時までのような気力の充実がなかったからだ。

「いったん気力が切れちゃうとね、もうだらしがない。同じことやってても、ぜんぜん客に伝わらなくなっちゃうんですよね」

それでも、今日は八十四人に売った。

売り上げから、デパートに支払う分や、問屋などに支払う分を除くと、山口の手に残るのは四万二千円だ。さらにその中から野菜などの材料費が消える。

「今日はよく売れた方なんです。一日四個しか売れない日だってあるんですから、なかなか厳しいんですよ」

包丁さばきの上手な山口だが、日頃、家でも料理をしているのだろうか？

「いや」というと彼は笑った。「家では包丁一本もったことありません」

山口には高校一年生の息子と中学一年生の娘がいる。子どもたちは仕事している山口の姿を見たことがあるのだろうか？

「ええ、あります。昔は恥ずかしがっていたけど、最近はちょっとテレビに出たりしたから、少し見直したみたいですね」

息子さんが同じ仕事をやりたいといったら、うれしいだろうか？

「とんでもない。体を張っても止めますね」山口はキッパリという。「この商売はひとりぼっちなんです。同じフロアーで同業者同士で仲良くやってても競争ですからね。いつ『うちの店にはもう来なくていいです』っていわれるかとビクビクしてますから、それに健康を害したら終わりです。誰も助けてくれません」

山口は身ひとつで商売をしている。


午後七時三十分。中央通りは暗くなっている。デパートの職員用出口から何組もの社員たちがおしゃべりをしながら出てくる。山口も出てきた。紺のピンストライプのスーツをパリッと着こなしている。タバコを口にくわえて火をつける。彼のかたわらを女子社員たちがおしゃべりしながら次から次へと通り過ぎていく。男性社員も通り過ぎる。山口に声をかける人はひとりもいない。

山口は川の流れの中に立っている一本の孤独な杭《くい》のように見えた。

黄昏時

保険会社のアンケート用紙に「何歳まで生きると思いますか?」と書いてある。大城峰雄(七十九歳)は九十歳と記入した。その理由は彼の母が九十六歳まで生きたからだという。母親と同じくらいまで生きられると考えているのだろうか?

「どうかな」といって大城は首をかしげた。「九十歳とは書いたけど、近所の年寄りたちは八十前後で死んでるからな。オレも八十過ぎたらおしまいかなーと思ったりするけどね」

峰雄の妻、良子(七十歳)は、八十五歳と記入する。理由は夫が九十歳まで生きるならば、彼の面倒を見なければならないからだという。しかし、彼女には病気の心配がある。

「肝硬変で五年もてばいいっていってお医者にいわれたのよ」と良子はいう。「五年たったらすむのが肝臓ガンか動脈瘤《りゅう》だって。それが六年前のことなの。この前検査に行ったら、先生が健康管理が上手にできてますねって、ぜんぜんすすんでないって。でも、ガンになったらおそらく死ぬと思うけどね」

七十九歳の夫と七十歳の妻、彼らにとって死は遠い先のことではない。

十二月八日、火曜日、朝七時。

二人は起きる。起きると同時に良子は朝食の用意を始める。みそ汁を作り、鯵《あじ》の干物を焼き、ほうれん草を茹《ゆ》で、冷蔵庫から納豆を出す。峰雄は歯を磨き、着替えて体操をする。

「お父さん、この納豆どこで買ったの？」良子が納豆をテーブルに置きながらきく。

「Aマートだよ。おいしいかどうかわかんないよ」峰雄がご飯をよそいながら答える。

昨日は峰雄が買い物をしたのだ。定年退職後、彼は積極的に家事をするようになった。

ここは横浜市の下町にある一軒家。大城家の居間だ。彼らの息子（四十九歳）と娘（四十六歳）が出ていって以来、二十年以上、夫婦二人だけで暮らしている。彼らはまったく子どもたちの世話になっていない。家計は二人の年金でまかなっている。


午前八時。

峰雄は家を出るとバスに乗って、二駅ほど先の根岸森林公園に行く。週に二日、公園掃除のアルバイトをしているのだ。働いているのは七十代の男女七名。二人で組んでリヤカーを押し、公園内のゴミ箱のゴミを集めて歩く。八時三十分から十二時三十分までの四時間。アルバイト料は一日二千六百四十円だ。

「何歳になろうと働けるかぎり働いた方がいいんだよ」と峰雄はいう。「やるべきことがないとダメだよ。朝起きてボーッとしてるだろう。体にもよくないな。明日はこれがあるって、何時までに行かなければならないって、時間に拘束されるのはけっこういいことなんだよ」

同じ頃、良子は家で掃除と洗濯をしている。全自動洗濯機に衣類を入れ、寝室と居間を片づけて掃除機をかける。それから台所を片づける。

洗い物をしながら良子は歌を口ずさんでいる。

♪忘れられないの　あの人が好きよ
　青いシャツ着てさ　海を見てたわ

（岩谷時子作詞、ピンキーとキラーズ「恋の季節」）

彼女は若い頃に、「ＮＨＫのど自慢」に出たことがある。鐘をたくさん鳴らした。それが彼女の自慢だ。

結婚したのは十九歳の時だ。峰雄は二十八歳。

峰雄は船員で、良子は船員寮を管理している家の娘だった。当時、十九歳の良子にとって九歳年上の峰雄はおじさんのように見えたという。

二人とも身寄りがないようなものだった。そのことがお互いを結びつけたのかもしれないと良子はいう。彼女は養子で両親の実の子ではなかったし、峰雄は遠い沖縄県宮古島の出身で七人兄弟の三男なので、実家に戻っても食わしてもらえるわけではなかった。

「船会社の上役の人が来てね、同じ寮にいた戸塚さんっていう人を結婚相手にどうかって、さかんに私に薦めたのよ。養父も戸塚さんがいいっていったんだけどね、私は、大城の方が好きだったからね。人柄がいいなと思って、フフフフフ」良子は照れて笑った。


午後一時。

峰雄が帰ってきて、二人で昼食をとる。ハムエッグ、ポテトサラダ、パンにミルク。昼食が終わると、二人は居間のこたつに入ったまま横になって寝る。昼間の静かな時間が流れる。二人の寝息と柱時計だけが規則正しい音を刻んでいる。


午後二時三十分。

「お父さん、薬飲んだ？」昼寝から覚めた良子が峰雄にきく。

「何時だ？」峰雄が首を回しながらきく。

「あらあら、二時半だよ。よく寝たね。よいしょっと」良子が立ち上がる。

「水ちょうだい」峰雄がかばんから薬を出しながらいう。

毎食後、二人とも薬を飲んでいる。

「昨日膝《ひざ》が痛いので医者に行ったでしょう」良子が水を運んできて話す。「軟骨がすり減ってるんだってね。『大城さん、七十年間も使えば軟骨も減りますよ。ま、治療でもやっていきますか』だって。一応電気あててもらったけど、歳《とし》だから治らないってことなのよね」

「医者はみんな、老人にそういうんだよ」峰雄が答える。「もう、七十も過ぎたらしょうがないって。早くあきらめさせるんだよ。ああすれば治るんじゃないか、こうすれば治るんじゃないかって思わせぶりは、やっぱりいわない方がいいよ」


午後三時。

峰雄はバスに乗ると、大和町にある共産党の後援会事務所に行く。表通りにある一軒家の前に掲示板が出ている。共産党の候補者や政策を訴えるポスターが貼《は》られている。ドアの鍵《かぎ》を開けて中に入る。

峰雄は一九六〇年の安保闘争の時に共産党に入り、それ以後労働組合の役員を続けてきた。共産党の県会議員候補として三回立候補し落選しつづけた。その間、彼の生活は組合と党活動がすべてで、家庭生活などないに等しかった。良子はそのことに不満をもっていた。家の増築祝いの日に帰ってこないし、息子とキャンプに行く約束を反故《ほご》にするし、給料日に給料をもらうことを忘れて帰ってくる。良子は別れてもいい、とさえ思ったという。

「私も働いていたから経済力はあったからね、子どもと家さえくれればどこでも好きなところに出ていっていいからねっていったのよ。ところがあの人はぜんぜん聞く耳もたないの。あいかわらず、朝早く出ていって、夜中遅く帰ってくると『メシ食わせてくれ』っていうの」

と良子はいう。

峰雄が退職する日になってはじめて、良子は彼が打ちこんできたことの意味を理解した。定年退職の日、夫婦で会社に招待された。同じような退職者の夫婦が三組あった。会長が「ご苦労様でした」という話をした。部屋の外に出ると、そこに若い社員たちがいっぱい待っていた。彼らは峰雄ひとりを取り囲むと、口々に「大城さん、ご苦労様でした」といい、握手を求めるのだった。

「これだけの人に感謝されたということはね、まあ、家庭を犠牲にしても、それだけの価値があったんじゃないかなと、私もそこではじめてそう思ったわよ」そういうと良子は思い出したのか涙ぐんだ。

午後三時三十分。

　良子はバスに乗って、老人福祉センターに行く。センターの二階に上がる。そこは小学校の教室二つ分くらいのホールになっている。ドレスを着た女性が二十人、右側の椅子に腰をかけている。それと向かい合うようにして左側の椅子にスーツを着た男性が二十人座っている。ダンス教室なのだ。いずれも六十歳以上の人たちだ。

　真っ赤なドレスを着た女性が中央に出ると、

「では、まず足慣らしにマンボから始めましょう。じゃ、大城さんお願いします」

　そういわれて、良子はテープレコーダーのスイッチを入れる。彼女も黒いドレスを身につけ、黒のダンスシューズを履《は》いている。良子はダンス教室の助手をしているのだ。

　調子のいいリズムで「マンボ・ナンバー・ファイブ」がかかる。男女がそれぞれステップを踏む。

　次にルンバになる。一曲終わると、

「できない人いますか？」真っ赤なドレスの先生がきく。

　酒屋の池田達男が手をあげる。

「じゃ、大城さん、池田さんと組んであげて」先生がいう。

　良子は池田の手をとる。音楽が鳴り、踊りはじめる。

「スロー、スロー、クィック、クィック」と良子が口ずさむ。

「ああ、スミマセン」池田が良子の足を踏み、あやまる。

「へいきへいき、ゆっくりやってみましょう」良子の表情は溌剌《はつらつ》としている。

相手が喜んでくれるので、良子は人に教えるのが楽しいのだという。

「この前も、近所の商店街を歩いてるとね」と良子はいう。「池田屋さんの奥さんに、『大城さん、ダンスでうちのがお世話になってます。おかげで上手になったって喜んでます』って頭下げられてね。池田屋さん、覚えが悪いのよ。家に帰ってなんていってるんだろうと思うと、おかしくって、フフフ」


午後四時。

峰雄は後援会での用事をすませると、バスに乗って伊勢佐木町に出て、「ヴィド・フランス」という店に入る。

「ここはね、パン屋だけど案外座り心地がいいんだ。あの、マクドとかモスバーガーとかは、若いもんが多くてダメなんだよ」と峰雄はいう。歳とった人が「マクド」（マクドナルドを略している）などという。いまの空気を吸って生きてる感じが伝わってきて微笑《ほほえ》ましい。

彼は喫茶店でひとりボーッと考えごとをするのが好きなのだという。

どんなことを考えているのだろう？

「つまらないことなんだけど、どうも、オレにはよくわからんことが多いんだよ。たとえば、木があるけど、冬は葉が落ちるでしょう。それで太陽の光が射しこむ。下にいるものは暖かいだろう。夏は葉が生い茂り、木陰ができて、下にいるものは涼しい。うまくできてるね。でも、なんで、そんなふうにうまくできてるんだろうと思うわけさ。そう思うと不思議で、本読んでも答えはないんだよ。

それとか、なぜ三角形の内角の和は百八十度なんだ？　円はなぜ三百六十度なんだ？　なぜ、百度とか二百度とかスッキリした数字じゃなくて、三百六十度っていう中途半端な数字なんだろう？　わからないことがいっぱいあるんだ。そういうことを考えると、面白くて面白くて」

午後八時。

夕食後、二人はテレビを見ている。「ＮＨＫ歌謡コンサート」。細川たかしが「矢切の渡し」を歌っている。

「ほらほら、お父さんの持ち歌だよ」と良子がいう。

峰雄がテレビに合わせて歌いはじめる。

♪「つれて逃げてよ……」
「ついておいでよ……」
夕ぐれの雨が降る　矢切の渡し
（石本美由起作詞、細川たかし「矢切の渡し」）

音程がフラフラしている。峰雄はいままで歌など歌ったことがなかった。ところが、二カ月前、良子に誘われて、老人会のカラオケ教室に行った。すると、みんながほめてくれるのでうれしくなって、夫婦で通うようになった。

「私がね」と良子がいう。「近所の人に誘われて、カラオケ教室に二回行ったことがあって。で、お父さんをひとりで置いとくとかわいそうだなと思って、『カラオケに行かない？』っていったの。『なんだよ』っていうから、『お父さんの知ってる歌を歌ってね、向こうに豊田さんっていう上手な人がいて、いくらでも教えてくれるから』っていったら、『よし、じゃ行こうか』って。なるべく、楽しいことは一緒にやろうと思って」

午後九時三十分。

風呂から出てパジャマに着替えた良子が、峰雄の前に背中を向けて座る。

をはだける。

「背中のこのへんが痛いのよ」というと、良子は湿布薬を峰雄に渡し、パジャマの上着の肩
「ここか？」峰雄が指で背中を押してきく。

「もうちょっと右」

「ここか？　医者に行った方がいいんじゃないか？」

「それほどじゃないのよ。湿布薬を貼っとけば治るのよ」

峰雄は良子の背中に薬を貼ると、両手で押さえる。

「ありがとう」そういうと良子はパジャマの上着を持ち上げてボタンをかける。

「さて、じゃ、先にやすみますよ」良子がいう。

「ああ、おやすみ」峰雄が答える。

良子は階段を上がって自分の寝室へ行く。

定年退職後、二人は寝室を別にした。二階に良子が寝て、峰雄は一階に寝ている。

峰雄は座って本を読んでいる。森毅著『数学の歴史』。

仲のよい夫婦だから、死別の時はつらい思いをするだろう。

「ま、その時は来るだろうけどね」と峰雄はいう。「年寄りが先に行くことになってるんだからっていうとね、あいつは喜ぶんだ。笑うんだ。あいつを喜ばそうと思うと、オレが先に

行くんだから、おまえしっかりしろっていうんだ。ハハハ」

午後十時。

峰雄はテーブルに手をつくと、ゆっくりと立ち上がり、居間の電気を消し、寝室に入っていく。

家の中がしんとなる。柱時計の音だけが時を刻んでいる。

子殺し

つらい体験からテーマをつかみ出し、自分の研究や表現の対象とすることができたら、その時にはもう、人はつらい体験から一歩遠のくことができている。


「あなたが一家心中を決意したのはいつですか？」弁護士がきく。

「子どもらに二人で生きなさいといった時です」被告が答える。

「二人で生きなさいってあなたがいったんですか？」

「女房が子どもらに、お父さんとお母さんは死ぬけど、二人は施設で仲良く生きなさいっていったんです。ゆり（小学校四年生の娘）は何もいいませんでした。進一（小学校二年生の息子）が四人で生きたいといったんです。それで私が、四人で生きられへんから二人で生きなさいって。そしたら、進一が女房に抱きつき、ゆりが私に抱きついてきて……ウワーッ」

証人席の被告が堰《せき》を切ったように泣きだした。

ここは大阪地方裁判所。火曜日の午後二時三十分。

消費者金融による借金を苦に両親が子ども二人を殺した事件の裁判が行われている。両親は子どもたちを殺して自分たちも死ぬつもりが、生き残ってしまったのだ。

傍聴席は五列になっていて、前から二列目に中年の女性がひとりポツンと座っている。裁判が始まってからずっと、女性は大学ノートにメモをとりつづけている。

大阪地方裁判所で扱う子殺し事件の裁判には、いつでも傍聴席にこの女性がいる。

再婚した父親が自分の連れ子を棒で殴ってショック死させた事件の時も、うつ病の母親が子どもを絞め殺し家に火を放った事件の時も、母親が子どもを折檻《せっかん》して水風呂に入れて溺死《できし》させた事件の時も、いつもこの女性は法廷の傍聴席にいた。彼女の名前は藤井朱美（四十九歳）。

なぜ藤井は子殺しの裁判ばかりを傍聴しているのだろう？

「子殺しは私自身の問題なんです」と藤井はいう。

山吹色のシャツに焦げ茶色のパンツ、黒のスニーカーを履《は》き、ショートヘアで少し濃いめの化粧をしている。小さな体にエネルギーが満ちている感じの人だ。

「ひとつ間違えば私自身が母親から殺されていたかもしれないし、あるいは私が自分の子どもを殺していたかもしれないんです」

藤井は父方の祖父母に育てられた。彼女が二歳の時に父親は女性と東京へ駆け落ちし、母親は大病を患い彼女を舅姑《きゅうこ》夫婦に預けたからだ。

小学校三年生の時に父親が藤井を迎えに来た。彼女は父親と東京に住むことになる。父と継母の間に子どもはいなかった。藤井はひとりっ子としてかわいがられて育った。

中学校二年生の時に父親の仕事の都合で大阪に戻ってきた。

大阪に戻ってきてから急に母親が彼女を虐待するようになった。原因はわからない。母親は突然怒りだす。口答えするなとか、嘘《うそ》をついただろうと迫られ、ほうきの柄で頭を殴られ、階段から突き落とされた。一度は髪を引っぱられ、何度も何度も頭をスチールの棚にぶつけられた。「ごめんなさい」といってもまったく聞き入れられない。母親は藤井よりも体格がよく、腕力も強かった。

「ただ、ただ、こわい。いつ怒りだすかわからないから、毎日毎日ビクビクして生きてました」藤井は眉根《まゆね》にしわを寄せて話す。

なぜ、母親は藤井を虐待するのか？

中学校二年生で反抗期だとはいえ、彼女は反抗的な態度はとってなかったし、非行グループに入っているわけでもなかった。口答えもしなかったし、不満をいうわけでもなかった。母親の怒りだす原因がわからない。

「明日雨が降らないようにっていうのと一緒で、明日お母さんが機嫌ようおってくれるようにって、私の頭を殴らないようにって、ただそれだけなんですよ」と藤井はいう。

学校に行っている時だけが心が落ち着いて安らいだ。学校から帰ってもなるべく母親と顔を合わさないようにして、机に向かった。机に向かって日記を書いた。日記を書くと気持ちが落ち着いた。

母親の折檻《せっかん》は高校生になっても続いた。彼女は近鉄奈良線の踏切を渡って高校へ通う。毎日毎日踏切の前で電車に飛びこむことを考えていた。

そんなある日のこと、

「晩ご飯を食べてる時でした」と藤井はいう。「ふと後ろを見たら、なんか煙のような人が立っていたんです。ボーッと見えて、あ、こわいなって思ったんですよね。その時に、その煙のような人がサッと私の後ろを通って玄関に抜けていったんです。玄関に手のり文鳥が一羽いて、その文鳥が、あ、死んだなと思ったんですよ。で、その日はこわいから見なかったんですけど、あくる日見たら、やっぱり死んでたんです。だから、私が煙のような人のところに行ってたら死ねたと思うんです。死にたい死にたいと思ってる人にはそういうのが見えるんですね。文鳥を見てね、死ねば無、何もないと思った」

この経験から、藤井は、死はすぐそばにあると思った。そして死んだら何もなくなるんだと実感した。そのことを毎晩考え、彼女は死ぬ前に何か自分という人間が生きたあかしを残したいと思うようになった。

藤井は二十四歳で結婚して、家を出た。やっと母親の暴力から逃れることができた。

「結婚するうれしさよりも、家を出るうれしさの方が先でしたね。そらもうホッとしましたね。ハハハ」藤井は声を出して笑った。

彼女は三人の子どもを生み育てる。女、男、女と、それぞれ三つと五つ違いだ。自分のようなつらい目にあわせないように、やさしく育てようと思っていた。

ところが、長女を虐待した。

何かにつけて腹が立って、怒り、叩《たた》くようになった。

「自分がされたことを再現してしまうのね。繰り返し、無意識に」藤井は他人事《ひとごと》のように話す。

長女が幼稚園に通っていた頃、夜、なかなか寝ないので腹が立った。下の男の子は昼寝をさせているので寝ないのは当然で、その子と遊ばなければならない。ところがかたわらから長女が「お母さん本読んで、本読んで」としつこくいう。かんしゃくを起こした藤井は「早く寝なさい！」というと、娘のみぞおちをげんこつで殴っていた。娘は「ウッ」というと体をエビのように折ったきり、しばらく声も出せずにいた。

ある時、長女が藤井にこういった。

「お母さんは光男（長男）には笑って話しかけるのに、私には怒った顔しかしない」

〈あっ、この子、私の顔色を見てる。傷ついてるな〉と自分が娘を虐待し、傷つけていることに気がついた。

藤井が虐待したのは長女だけだ。下の二人はかわいくて仕方がなかった。

なぜ、長女だけが虐待の対象となったのか？

「上の娘を育てる時はおばあちゃん（藤井の母）がまだまだ元気だった。で、おばあちゃんが淋しいだろうと、つい上の子を預けるんですよ。預けておばあちゃんの機嫌をとる。おばあちゃんのこわさが抜けきらないんですよ。孫がいれば機嫌がいいからね。で、子どもはおばあちゃんになついてしまう。それが憎らしくなる原因ですね」と藤井はいう。

夫は子育てにはまったく無関心だったので、長女が虐待されていることには気づかなかった。

長女を殴る時、藤井には目の前の子どもが自分の娘には見えなかった。

「子どもなんやけど、私にとったら母親とダブッてるんですよ」と藤井は自分の気持ちを探るようにいった。

のことだ。

『母親五人の子どもを毒殺』

新聞の見出しが藤井の目に飛びこんできた。藤井が三十六歳で長女に虐待を続けていた時のことだ。

新聞記事によると、母親は子育てに疲れ、子どもたちの飲み物に農薬を入れて、五人全員を殺し、警察に自首していた。

藤井はこの記事に心動かされた。この母親の気持ちがわかるような気がしたからだ。母親に会ってみたいと思い、警察に行った。もちろん、母親に会うことはできなかった。しかし、藤井の熱心さに感心したのか、警察の人は「取り調べたことは一カ月後に裁判所にまわされます。誰でも傍聴できますよ」と教えてくれた。

子育て真っ最中だった藤井は、その裁判に行くことはできなかった。しかし、その後も子殺しの新聞記事が目につくようになり、子殺しの記事に接すると、自分の中の感受性の針が大きく振れることに気がついた。

子殺しの親について知ることは、自分自身を知ることでもある。自分に何かできることがあるとしたら、子殺しについて調べ、記録していくことだ。藤井は自分の生きる目的を見つけたと思った。

「武者ぶるいがしました」と藤井はいう。「自分のテーマを見つけたんです。それは、人はなぜ子どもを殺すのかということです」

一番下の子が小学校に入学して時間のできた藤井は、不動産関係の会社に就職した。外回りの営業の仕事だ。

仕事を休んでは、月に一回の割合で子殺しの裁判を傍聴した。ひとつの裁判は結審まで一年近くかかる。弁護士が、なぜ子どもを殺したのか、どのように殺したのかを被告にきく。多くの被告は後悔していて、証言しながら泣く。大声で泣く人もいれば、うつむいたまま涙をポタポタこぼす人もいる。傍聴席で藤井は何度ももらい泣きをした。一番かわいそうなのは子どもだが、子どもを殺した親が悪人とはかぎらなかった。むしろ弱い人が多く、あわれだった。

藤井は法廷での発言を全部ノートにとることにした。一年、二年、三年、四年、五年……と傍聴しつづけてノートがたまっていった。

ノートを読み直すと子殺しをめぐる人間模様が浮かび上がり、ここには日本社会の底辺があると確信した。

傍聴し、記録することの意義を感じた。

月に二回も三回も傍聴するのは社員では無理なので、契約社員となった。不動産の売り上げに応じて報酬をもらい、時間は自分の自由に使えるようにした。

夫は「えらい暗いことに興味あるなー」と不機嫌だ。子どもたちも「やめてよ、そんな話」とイヤがっている。友人に話したら「変わった趣味ね」といわれた。

非難されたり、イヤだといわれたり、変わり者だと思われても、やめるわけにはいかないと藤井は思っている。

子殺しは自分のテーマだからだ。

子殺しをテーマとして、他人の事件を傍聴していくなかで、藤井自身、娘への虐待をしなくなっていた。母親に対してもビクつかなくなった。母子関係を客観的に考える癖がついたからだと藤井は思っている。

十五年近く子殺しの裁判を傍聴しつづけてきた藤井は、「諸悪の根元は貧困と無知ですね」という。

子殺しの被告の多くが病弱だったり、人間関係に不適応だったりして、仕事が長く続かない。生活が苦しくなる。借金がかさむ。生活が困難になり、心中するしかないとか、子どもがじゃまだとか思うようになる。多くの被告が生活保護などの公的援助があることを知らない。

「知っていても、日本の役所は不親切でしょう。粘り強く要求しないと、受け付けてくれへんからね。だいたい粘り強くない人たちなんよ。なんで、子どもを殺すことになるのか、はがゆいですね」と藤井はいう。

「社会の仕組みとしてね、弱い人を助ける仕組みができていない。だからもう、這《は》い上がる人は自分の力で這い上がるけど、その這い上がる力のない人は、ズルズルズルズル落ちていってしまう」

そのズルズル落ちていってしまう弱い人間が、もっと弱い子どもを殺すのだという。

「子殺しとは社会の底辺にいる弱者がもっと弱い者を殺す仕組みなんです」と藤井はいう。

「実は、私の母も弱者だったんです。母親は兄弟が七人いて、父親が定職をもたない、貧しい家庭だったから、いつも金銭の心配があって、不安定な生活環境で育ったんです。それで私を虐待した。私は私で、母親に折檻されてたし、夫とのコミュニケーションがなかったから、夫は自分を助けてくれる人じゃないという孤独感があったりして、娘を虐待していたんです」藤井はゆっくりと、考えながら話す。

「自分は傍聴席にいるけど、前に座っている被告と私の間には境界線がないんです」

「子どもたちに手をかける前に、みんなで弁当を買いに行ったんですか？」弁護士が被告にきく。

「私が最後に子どもに好きなものを食べに連れていってやるっていったら、女房が外に行くのはイヤだというので、私が二人を連れて弁当を買いに行ったんです。弁当を買って、ゆりと進一に何でも好きなもの買っていいよっていったら、進一がパンも欲しいっていったんです。ウッ（被告の声がつまる）。

それで、進一にお金を渡しました。私は弁当屋で弁当のできるのを待ってたんです。

そしたら、進一がパンとジュースを買って戻ってきて、『お父さんの好きなコロッケパンも買ってきたから』って……ウワーッ」被告は大声を出して泣く。涙がとまらず、ハー、ハーと肩で息をしている。

藤井は黙々とノートをとっている。

被告が嗚咽《おえつ》で苦しそうなので、「大丈夫ですか？」と弁護士がきく。被告は涙と鼻水で答えることができない。

裁判は四時三十分に終わった。

被告が看守に縄で胴を縛られて出ていく。藤井はノートをかばんにしまうと、サッサと傍聴席を立つ。

外に出ると新緑の並木があり、人々が楽しそうに歩いている。藤井は大川に架かる淀屋橋《よどやばし》を渡る。初夏の光が広い歩道を照らしている。ワイシャツにネクタイの男たち、デパートの袋を提《さ》げている女性、上着を手にもっている青年、会社の制服を着た女たち、彼女たちからキャッキャッという笑い声があがる。藤井は暗く悲しい記録の詰まったかばんをかかえて、その人波の中に入っていった。

我にはたらく仕事あれ

　　こころよく　我にはたらく仕事あれ
　　それを仕遂げて死なむと思ふ
　　　　　　　　　　（石川啄木『一握の砂』所収）

市川浩司（三十九歳）はこの短歌が好きだ。何度も心の中で口ずさんでいる。

現在失業中の彼は、いままでに二十一の会社の就職試験を受けてきた。

職業安定所のファイルや新聞の求人欄で会社を探す。電話をして履歴書を送る。試験を受け、結果を待つ。手紙が届く。封を切る。

「今後のご健闘を祈ります」

一社落ち、二社落ち、三社、四社……、十社……、二十社……。不採用の通知が来るたびに落ちこむ。ボクシングのボディブローのようにゆっくりときいてくる。快活さと笑顔がなくなり、自尊心と希望がボロボロになっていく。

彼は心の中で口ずさむ。

こころよく　我にはたらく仕事あれ

いまも市川は通知が来るのを待っている。今回は二次面接まで進み、担当者から「遅くとも来週の水曜日までには連絡します」といわれた。

今日がその水曜日（四月八日）だ。昨日も一日中家にいて連絡を待った。採用内定ならば、一日くらい早く通知が来るのではないかと思ったからだ。一日待っていたが、来なかった。〈今回もダメだろうな〉という気持ちが強くなっている。

彼はテーブルの上に置いてある小さな紙切れを両手で持つと、拝むような格好をする。新聞の求人広告の切り抜きだ。

午前十一時三十分。テレビのスイッチを入れる。春の選抜高校野球の準決勝が始まろうとしている。ＰＬ学園と横浜高校の対戦だ。市川は横浜高校を応援することに決める。もし、横浜が勝てば自分の就職も決まる、そう思ってみた。

六回の裏、ＰＬ学園が二点をとる。〈これはまずいぞ〉と彼は思う。

その後もＰＬ学園が優勢なので、市川は不吉な感じがして、テレビを消した。

次の会社を探すために、職業安定所に行くことにする。

パジャマを脱ぐ。シャツを着てネクタイを締め、ズボンをはき背広をはおる。背広が古くなっていて袖口《そでぐち》のところに小さな穴があいている。一年近く会社勤めをしていない間に、虫が食ったのだ。

市川は芭蕉を尊敬し、俳句を作っている。連句の会に所属し、会の機関誌の編集長をしている。

読書や句作を続けながら働く、晴耕雨読のような生活ができないだろうかと漠然と考えていた。

彼は昨年の七月、十年間勤めた会社を辞めた。退職後、農家に行って農作業の手伝いをした。集団で有機農業をやっている農場に入り、見習いのようなこともやった。しかし、まったく経験のない人間が農業で生活していくことは困難だとわかった。

農家に行くのをやめてから、二、三カ月の間、彼は大河小説『大菩薩峠《だいぼさつとうげ》』を読みふけった。

気がつくと雇用保険の給付はあと三カ月しかなかった。

四月、雇用保険がこの月で切れる。市川は焦っている。焦りながらもこんな句が浮かんだ。

躓《つまず》きてひと思ひ出す花の中

午後三時。中央線の吉祥寺駅で電車に乗った市川は隣の三鷹駅で降りる。

駅前の広場を横切り、商店街に入る。

駅前商店街は活気に満ちている。かばん屋のバッグは陽を浴びて輝き、電気店のテレビは高校野球を放送している。八百屋では売り子の声が響き、薬屋の商品は歩道にまであふれ出している。

行きかう人々の数は多く、どの人もどこかに向かって歩いている。

〈みんな目的をもって生きてるな〉と市川は思う。

彼は写真店に入る。ポケットからネガの入っている封筒を取り出すと、店員に渡す。

「三枚焼き増しして下さい」市川がいう。

履歴書に貼《は》る写真の注文だ。求職活動を始めた頃、スピード写真を使っていた。しかし、何度も履歴書を作成しなければならなくなり、店員に勧められて、ネガを作成したのだ。写真は毎回三枚ずつ注文している。今回で八回目になる。

市川がいままでに受けた会社は、出版社が四社、編集プロダクション三社、広告代理店二社、予備校の営業二社、空調会社、不動産鑑定会社、裁判所の守衛、病院事務、自動車工場など。

いずれも、三十九歳でも採用可という会社だ。

職業安定所で「裁判所の守衛」のファイルを見た時、市川は迷った。〈国家公務員になって楽になるかなー〉という気持ちと、〈守衛じゃなー〉という気持ちがあったからだ。〈やめよう〉と思って、一度職業安定所を出て、電車に乗った。しかし電車の中で思い直して、もう一度職業安定所に戻り申し込んだ。採用人員二人に対して六十人の応募があった。筆記試験と一次面接で六人にしぼられた。市川は六人の中に入っていた。六人から二人にしぼる二次面接を受けて帰ってきた夜、〈自分は一生、守衛で終わるかもしれない。自分に対する父親の期待を考えると申し訳ないな〉と思った。

幸か不幸か、結果は不採用だった。

〈自分を採用してくれる会社ってあるんだろうか〉市川は落ちこんだ。

彼がいま連絡を待っているのは、翻訳を仕事としている会社だ。朝日新聞の求人欄で見つけた。「翻訳プロデューサー三十九歳位迄《まで》……」と三行の広告が出ていた。翻訳とあるので、自分の語学能力を考えて一度はあきらめた。でも、翌日思い直して、電話をした。「英検二級くらいですけど、大丈夫でしょうか？」ときいた。「ともかく、一度来てみて下さい」と返事があった。そこで、行った。面接し、さらに後日筆記試験と二次面接を受けた。その時の感触がよかったので、帰り道〈ひょっとしたら受かるかもしれないな〉という期待を抱いた。しかし、時間がたつにつれて自信は消えていった。三日後に不安になり、四日後には絶望的な気分になり、五日後の今日は、もう次の会社を探そうという気持ちになっている。

商店街を十分ほど歩いたところに職業安定所「ハローワーク三鷹」がある。市川は入るとまず、一般事務（三十五歳以上）と書かれた棚のファイルを見る。多摩地区のファイルを見、新宿地区のファイルを見て、渋谷・世田谷地区のファイルを見た時に、手がとまる。編集プロダクションのスタッフ募集があった。市川はフォルダーからそのファイルを抜き出すと、カウンターの整理番号の紙をとる。紙には「52」と印刷されている。ベンチに座ると、カウンターの一番右側の女性職員を見る。市川は〈素敵だな〉と思っている。彼女を眺《なが》めるのが職業安定所に来る唯一の楽しみなのだ。

「52番の方」と呼ぶ声がする。

彼はカウンターに行き、ファイルと書類を出す。

「この前の会社はどうでしたか？」職員がきく。

「ダメでした」市川は答える。

「じゃ、この会社きいてみますね」職員はファイルを手に電話をかける。

市川は職員の電話の受け答えをボンヤリと見ている。

「もう、申し込みがいっぱいで締め切っちゃったっていうんですよ」職員がいう。

「わかりました」そう答えて、市川はカウンターを離れる。

職業安定所を出ると、市川は商店街の裏道を歩きはじめる。表通りの喧噪《けんそう》には耐えられない気がしたからだ。

ビルの陰になっている裏道は人通りが少なく、ひっそりとしている。三鷹駅前を右に曲がり、市立図書館の前を通る。いつもだと図書館に寄って、新聞や雑誌を読むのだが、今日は気分が沈んでいて寄る気がしない。

最近、外に出てから行くところは、図書館、ジャズ喫茶、サウナの三カ所に限られている。長時間いられるからだ。

市川は住宅街を歩いている。正面に緑の木々が見えてくる。井の頭公園だ。左手には廃業したガソリンスタンドがある。ガラス面ばかりが大きい空っぽの建物と、広いコンクリートの空間が寒々しい。

〈ここで働いていた店員はどうしたのだろう？〉市川は思う。

午後四時、彼は井の頭公園の動物園入口の前に立っている。少し躊躇《ちゅうちょ》したが、切符を買うと、中に入る。動物園には何か心安まるものがあるような気がしたのだ。

入口の横にある売店で缶ビールを買う。

ニホンカモシカが黙々と餌《えさ》を食べている。

歯のない年寄り象がいる。檻《おり》の横に抜けた歯が展示してある。市川は説明文を読み、大きな歯を見つめている。象は足を畳んで座っている。小さな目があいている。まるで死ぬ時を待っているかのようだ。

市川はゆっくりとした歩調で歩く。

何十羽という鳩が道を埋めつくしている。

職員が竹ぼうきで掃除をしている。

〈ああ、仕事があっていいな〉と市川は思う。

深いプールのように掘り下げたところに猿山がある。ひょうたん型の池がひとつ。山にはコンクリートの木々があり、吊《つ》り橋が架かっている。猿が思い思いの場所に座っている。子猿たちが追いかけっこをして、木から木へ飛び移る。

猿山を囲むようにぐるっと手すりがついている。ちょっと離れたところに一組のカップルがいる。手すりにもたれて市川はビールを飲む。

句が浮かぶ。

永き日やつひに猿山見てゐたり

故郷に帰った時に父親がいった言葉を思い出す。

「山頭火みたいになってもなあ……悲惨だぞ」

市川はじっと猿山を見ている。

気分が滅入ってくる。

〈これはヤバイ〉と彼は思う。〈俳人が野垂《のた》れ死ぬことはあっても、中央線に飛びこむようなバカなまねをしてはダメだ。俳人は自殺しちゃダメだ〉

猿山に西陽があたっている。子猿たちは無心に遊んでいる。

公園を出ると、市川は家に向かう。吉祥寺の駅前を抜け、住宅街を歩く。

「とうとう動物園に行っちまったねえ」ひとりごとが口をついて出る。この数カ月、市川はあまり人と会うことがなかった。ひとりで起き、ひとりで食べ、ひとりで歩いて、ひとりでテレビを見て、ひとりで飲んで、ひとりで寝ている。

〈ひとりごとが多くなったな〉と市川は思う。本当は、ワーッと叫びだしたいような気持ちなのだ。

午後五時、アパートに着く。入口でポストをのぞく。何も入っていない。

〈あーあ〉と思う。

部屋に入る。

薄暗い中で電話機が点灯している。留守電だ。

ボタンを押すと声が出てくる。

「H社の三田です。先日はありがとうございました」男の人の声だ。「とりあえず内定しましたのでご連絡を下さい」

市川は胸のあたりがキュッとなる。彼はすぐに電話をかける。会社の人が電話に出る。

「どうですか？　やれそうですか？」と相手がきく。

「はい、ぜひお世話になりたいと思います」彼はあわてて答える。それから、初出社の日時の約束をする。

ホッとした市川は、一瞬、〈内定といってたけど、やっぱりダメでしたってかかってくるんじゃないかな〉と思ったりする。それくらい何回も期待を裏切られつづけてきたのだ。

しばらくして、深い深い喜びがやってきた。

父親に電話をした。

「よかった、よかった」と父親はいった。

翌日、窓を開けて部屋を片づけた。

掃除をした。

洗濯をした。

街を歩いた。

歩道を走った。

〈なんて木々の芽の緑がきれいなんだろう〉と思った。

コナカという洋服屋に行ってスーツを買った。

放っておいた連句会の機関誌原稿を印刷屋に届けた。

父親からの速達が届く。そこには「浩司がよい会社に就職できたのでビールがうまい」と書いてあった。


三カ月後。市川は生き生きと仕事をしている。彼はいま仕事があることの喜びを感じている。そして何度もこう思う。

〈就職が決まったあの瞬間の前と後では、天国と地獄の差だ。あの時の喜びは一生忘れない〉

市川は定期入れに付箋《ふせん》のような小さな紙切れを入れて持ち歩いている。

彼を天国に導いた求人広告の切り抜きだ。

会社がなくなった

会社が倒産すると社員はどんな運命をたどるのだろう？

栃木新聞社は多額の赤字を理由に、一九九四年三月三十一日に新聞の廃刊を発表した。社員に知らせる前に発表した。怒った社員の多くが、労働組合に入り（社員六十八人中、四十八人が組合員になる）、解雇反対と新聞復刊を目標に闘った。闘争は一年間続き、会社が謝罪広告を出し、組合と和解して終結した。組合員は一年前に会社が提示した退職金以上の和解金を手にした。しかし、新聞復刊はできなかった。実質、栃木新聞社は倒産した。

その時から四年がたった。

栃木新聞社で働いていた人たちはいまどうしているのだろうか。

吉沢慎一（仮名、以下人名はすべて仮名。三十八歳。年齢は一九九八年現在のものなので倒産時は四歳若い）。栃木新聞社では整理部にいた。妻と三人の子どもと両親の七人暮らし。

吉沢が新聞記者になりたいと思ったのは中学校二年生の時だった。新聞に投稿し、採用され、記事になった。近所の写真屋さんが親切にしてくれたことを書いたのだ。その時はじめて、自分の書いたものが活字になることの喜びを知った。

大学を卒業すると、栃木新聞社を受験し、合格した。あこがれの新聞記者となった。校閲、記者、整理部と移動した。記者の時に、かんぴょう作り農家の後継者問題を取材し、特集記事にした。編集長賞をもらった。それが彼の自慢だ。

吉沢は争議に参加した。

「目的がハッキリしていたので争議の一年間は充実していました。むしろ、厳しかったのは争議が終わってからです」と吉沢はいう。

争議が終わり、組合は解散し、吉沢は人生の目標を失った。

新聞記者の中途採用の口などほとんどない。記者以外の職業を考えられない吉沢は、求職活動をする気がしなくて家にいた。下の娘二人（三歳と一歳）は父親が家にいるので喜んだが、小学校一年生の長女は不思議な顔をして彼を見ていた。争議のことを話していなかったからだ。

吉沢は両親と同居していた。ときどき、父親が「職安に行ったのか？」ときく。

小さな子どもたちのことを考えると、記者にこだわってはいられないと思った。

求人雑誌を見て会社を訪問した。情報誌を発行している会社、ホテルの中の写真屋、探偵事務所……、どこに行ってもなかなか採用してもらえなかった。

〈特別な技術をもっていない三十代の人間を採用してくれる会社はないのかもしれない〉吉沢は悩んだ。

妻に相談した。妻は、親戚《しんせき》に保険会社の代理店を経営している人がいるので、相談に行ったらどうかといった。

彼は妻の親戚に会いに行った。

「資格を取るまでがたいへんだよ」と親戚の人はいった。「でも、サラリーマンじゃないから、時間は自由だし、努力すればするだけ全部自分に返ってくる」

〈自営の道しかない〉と吉沢は思った。

吉沢はK火災海上保険株式会社の研修生となる。研修を受けると自分で代理店を経営することができるのだ。保険の契約をとることができ、その手数料を百パーセントもらうことができる。研修は三年間、その間は月給をもらえるが、ひと月ごとのノルマがあり、それを達成できないと即座にクビになる。

新聞記者だった人が保険の営業を上手にできるのだろうか？

「いままで記事を集めていたのが、お金に代わったということですね。そう考えて、取材に行くような感じで、軽い気持ちで人に会って保険に入ってもらうんです」と吉沢はいう。

現在三年目に入っている。あともう一息で代理店経営者となれる。いままでに何人もの人がノルマを達成できずにやめていった。吉沢自身、何度もクビ寸前という破目に陥った。「非常にギリギリで、あっ、今月でダメかなっていうのが何回もあったんです」と吉沢はいう。「そういう時は親に入ってもらったり、自分自身が入ったりするんです」

吉沢が話していると、携帯電話が鳴った。腰につけた携帯電話ケースから電話機を取り出す。

「はい。あ、どーも、どーも、……はい、いいですよ。じゃ、今日、そうですね、十一時でいいですか？　はい。わかりました。十一時に伺います」

電話を切ると吉沢はニコッと笑った。

契約がとれたのだ。どんな保険だろう？

「自動車保険。知り合いの娘さんなんだけど、去年車を買ったんですよ。その時、私にっていってくれたんだけど、車の販売店の方で保険すすめるじゃないですか。仕方なくそれに入っちゃって、一年たったら、私にくれるっていってたんです」

吉沢は駐車場に行き、自分の車に乗る。

車は宇都宮市の中心の道路を走る。百貨店の角を右に曲がり、県庁の前を通過する。すると、左手に鉄の塀《へい》で囲まれた建物が現れる。三階建ての黒褐色のモダンなビル。栃木新聞社だ。

組合が社屋を明け渡してから、会社は外側に塀をはりめぐらしただけで、建物を新たに利用することも、壊すこともしていない。

「建物を壊して、サッサとさら地にしてほしいですよ」吉沢は苦々しげにいう。

どうしてだろう？

「ここには、僕のすべてがあったんです。通るたびに思い出すのはつらいんです」

吉沢にとって、新聞記者は中学生の頃からのあこがれの職業だったのだ。

「新聞記者にはもうなれないでしょうね、残念だけど。できれば、また、そういう仕事がしたいですね。でも、たった十一年間だったけど、それだけでも新聞記者でいられてよかったと思ってるんです」

車の中はパンフレットや書類や謝礼の小物でギッシリだ。ドアのポケットに「めざせプロ代理店、訪問活動ノート」と書かれたファイルが入っている。床には子どもの小さな靴がころがっていた。

長瀬信一（三十二歳）。記者。独身。

長瀬は記者へのこだわりはなかった。仕事があれば何でもよいと思っていた。就職情報誌を見て手当たり次第に履歴書を送った。

「二十通くらい出しました」と長瀬はいう。「履歴書そのものが返送されたり、断りの手紙が来たり、面接に行って落とされたりして、五カ月ぐらい無職でいました」

毎週就職情報誌を買い、履歴書を書くことが習慣のようになっていた。

友だちに勧められて教員試験を受けた。それがみごとに合格。

教師になりたかったわけではない。ともかく仕事を確保したかったのだ。だから、いざ中学校の社会科の先生になると思うと、不安だった。

先輩の教師が彼に、前に違う職業についていた人の方がいいんだよと励ましてくれた。

社会科を教えはじめたら、教科書に「不況」や「失業」という言葉が出てきた。

「子どもたちに、自分も失業してたんだという話をしました」と長瀬はいう。「ほとんどの子どもが世の中不況だって感じをもってます。失業ってゾッとするぐらいこわいことって思ってるんですね。『えーっ、先生、失業者だったのー』ってみんなビックリしてました」

先生になって三年になる。最近では新聞記者よりも学校の先生の方が向いていると思っている。

「解雇され、争議し、失業してたことは、自分の中で消せない経験なんです。そのことをさらけ出すことで、生徒との距離が縮まるような気がしてます」

菅沼太一（三十七歳）。写真部。妻と子どもの三人暮らし。

菅沼は労働組合には入らなかった。子どもが生まれて二週間目に入った時で、収入のあてのない争議に参加するわけにはいかないと考えた。退職金をもらって辞めた。

彼はともかく働かなければと思った。

「住んでるところの近くに日通があって、そこを通りかかった時にたまたま募集の看板が出てたんです」

彼はすぐに会社に入っていった。大型免許を持っていたことが幸いして、採用になった。トラックの運転手になった。

栃木新聞社でカメラマンだったことを知ってる人から、ときどき写真撮影のアルバイトを頼まれる。撮影していると楽しい。自分の好きなことは写真撮影だなと思う。しかしすぐに、これじゃ食っていけないしなと思い直す。

「オレが意地はって、カメラマンじゃなきゃイヤだっていってたら、家庭はもうガタガタですよ」と菅沼はいう。

日通に入ってからしばらく、「景気はよくなるのかね」とか、「省庁再編ってどんなふうに変わるの」とかきかれた。新聞社にいたということで、物知りだと思われたのだ。

どう答えたのだろう？

「あんまり偉そうなことはいいません。新聞社にいたんだっていうことを鼻にかけると嫌われますからね。気を遣います。まず、職場の人に嫌われないようにしました」

トラックの運転手という肉体労働にも慣れた。職場の人々ともうまくやっている。

再就職にあたって菅沼がつかんだ教訓はこうだ。

「プライドを捨てることです」

川西雄三（四十一歳）。整理部。独身。

川西は組合の幹部として、その名が栃木県内に知れわたっていた。そのために求職活動は困難を極めた。

「職安に行って、履歴書を送ると、一応面接をしてくれます。それが争議が終わってすぐの頃ですから、面接だか取材されてるのかわからない感じでした。『栃木新聞の倒産劇の背後には足利銀行がいたんですか？』とか、『新聞社をやろうという企業は現れなかったんですか？』とか、言葉遣いはていねいなんですよね。でも『うちの会社を志望した理由は何ですか？』とか『特技は何ですか？』なんてぜんぜんきいてくれない。最後には、『川西さんみたいな立派な方はうちじゃ使えませんね』とか、『うちは組合ないんですよ』っていわれておしまい。やっぱり、経営者にとっては危険人物なんです。面接受けてもぜんぜんダメで、最終的にはどこでもいいと思ったんですけど、それでもダメでしたね」

どうやって生活しているのだろう？

「高校の時の友だちが『うちに来ないか』って、友だちはパチンコ屋の専務取締役なんです。パチンコ屋の店員になりました。パチンコ屋は宇都宮市からちょっと離れた小山市にあるんです。店員の寮があってそこに入りました。店員の人たちって新聞なんか読まないから、わたしのことなんて知りません。気は楽でしたね。仕事も別にきつくなかったです。ただ、一番恥ずかしかったのは、争議中に交渉に行った相手の人、足利銀行の人とか市役所の人とかがお客さんで来た時です。『あれ、川西さんじゃない。何してんの？』っていわれる。『やあ、争議終わったと思ったら、今度は仕事が見つかりませんよ』って笑って答えましたけど、気分は最低ですね」

その後、組合員と会っているのだろうか？

「組合のOB会があるんです。パチンコ屋に勤めてた時は仕事で行けなかったんですけど、行きたくないという気持ちもありましたね（川西は少し考える）。

正直なところひがみ根性があります。本音をいうと、争議が終わってみるとね、一般組合員が一番得したかなって思うところがありますね。もらうものもらって、名前が売れてるわけじゃないから、就職活動もうまくいって、争議は楽しい経験だったななんて振り返ることができるんですから」

いまはどうしているのだろう?

「二年間パチンコ屋の店員をやって、もうほとぼりも冷めたかなと思って、宇都宮市に帰ってきました。でも、この年齢じゃ就職できないんです。いまは派遣社員として登録して、工場なんかに定期的に入ってます。まあまあ、仕事はあります。でも、ただ仕事してるっていうだけです。面白みも何もないんです」

加藤光子（四十九歳）。販売部。夫と子どもの三人暮らし。

加藤は争議には参加せず、退職金をもらって辞めた。夫が働いているので、生活費の心配はないのだが、大学生の息子の学費を自分で捻出《ねんしゅつ》したいと思った。

職安に毎日通ったが、年齢制限によって、応募できる会社がなかった。

「仕事がなくて、四カ月間ぐらいすごく落ちこみましたね。スーパーでバイトしようかな、と考えたりしてました」

職安で求人カードを見るたびに年齢でダメ。それでも、職安の人に、年齢が超えてるんですけど、申し込めないでしょうかと訊《たず》ねた。冷たくダメですねといわれた。

〈若い人より自分の方が仕事するのになー〉と思う。

ある日、加藤は求人カードにある電話番号をメモして、自分で直接、会社に電話をした。

「職安のカードには四十歳までとありましたけど、実は私は四十五歳です。カードで見まして、ぜひお仕事させていただきたいと思いました。一度そちらで面接していただけないでしょうか？」

「職安に四十歳までということで出してますからね……」というしぶい答えが返ってきた。

やはり断られた。

しかし、加藤はめげずに四社、五社とあたった。

六社目ではじめて、履歴書送ってみて下さいといわれた。すぐに送った。自治医科大学の研究者の補助だ。面接で加藤は、どんな仕事でもいいから自治医科大学で働きたいのだといった。産休で一年間休む人がいるのでその人の代わりにということで、一年二カ月の契約で働くことになった。一年二カ月後、一生懸命働いたことが認められ、継続して働けることになった。

加藤はいう。

「前向きに、積極的にどこにでも飛びこんでいけば、なんとか道は開けるかなって気がしてます」

塚田武（五十一歳）。整理部。ひとり暮らし。

塚田は栃木新聞社を思い出してこう書いている。


僕らの新聞は経営者に恵まれない不幸な会社で、何度も廃刊の瀬戸際までいった。旧輪転機の頃はオーバーホールの資金がなく、現場の技術者が苦心して回していた。一度故障して、本当に発行停止になりそうな時、みんなは自分の仕事を終えて印刷現場に駆けつけた。労組さえも、賃上げをいいながら、本当は経営者をおだてたりすかしたり、時には脅かしたりして、脆弱な新聞を守らせる人々の結び目にすぎなかった。三カ月ほど給料が遅配になって困ったが、誰もが職場を、新聞を放棄などしなかった。


彼は栃木新聞を愛している。

一年間争議をして、復刊できないとわかっても、すぐにはあきらめきれなかった。

「新聞が僕の中で死なないんです」と塚田はいう。「ぜんぜん死なない。でも別れてしまわないと、これからの自分の道が開けないでしょう」

彼は栃木新聞と別れるための儀式として、インドに二カ月の旅行をした。

帰国後、『センチメンタル・インディア』という旅行記を書いた。

塚田はインド各地で、栃木新聞を思い出した。ガンディーが亡くなった場所を訪れた時には、こんなことを考えている。


靴を脱いで、靴下のまま石組みの参道を歩いていく。サリーの参詣者が鮮やかな花束を捧げる。黒い大理石を見て、ベトナム反戦運動の焼身自殺者、天安門事件などが心に浮かぶ。非暴力での抵抗。ふと、我々の新聞の復刊運動が頭をかすめた。理不尽なことへの不服従と怒り。ガンディーの大理石の表面にそっと手を触れる。


塚田は現在、沖縄県の宮古島にひとりで住んでいる。

インドから帰って妻と別居したのだ。お互いに考えることが変わってしまったのだという。妻は公務員として働いている。二人の娘がいる。上の娘（二十二歳）は結婚している。下の娘（二十歳）は、看護婦になるために寮生活をしている。つまり、家族四人が別々に暮らしている。

塚田は妻と教育問題で意見が合わなかった。

「かみさんはたいへん教育熱心で、僕は教育ママっていうのが大嫌いなんです」と塚田はいう。「かみさんにいわせれば、『あなたはまったく何の教育もしないで』ということになるんでしょうけどね」

妻は塚田が組合員として争議に参加することにも反対した。娘たちも妻と同意見だった。塚田の栃木新聞を愛する気持ち、記事を書くことの喜び、仲間との友情の深さについて、家族は知らなかったのだろうか？

「うーん、どうなんでしょう」塚田は三十秒ほど考えてから答えた。「一面のコラムを、一週間に一回のローテーションで僕は書いていました。書き上がると、最初に上の子に読ませた。『おまえが最初の読者だからねー』って。で、横にかみさんがいたりすると、原稿を読んで聞かせたりした。だから、僕の考えをわかってくれてるはずだと思ってたんですけどね……」

現在、住まいは海沿いの村の廃屋を借りている。

朝起きると、本を読むか、書き物をする。食事をして、昼寝をする。海辺に散歩に行き、酒を飲む。

生活費は貯金を少しずつ切りくずしている。

月々どのくらいなのだろう？

「僕はタバコを吸います。タバコをやめればもっと落とせると思いますけど、月五万円以内です」

月々五万円ずつ使って、あと何年生活できるのだろう?

「一年もたないですね。バタバタ求職活動を始めてますが、宮古島に仕事はないですね。那《な》覇《は》の方で探さなくちゃとは考えてますけど」

ときどきは近所の人たちとおしゃべりをするというが、ほとんどはひとりっきりの生活だ。

娘や妻から連絡はないのだろうか?

「ありません」塚田はハッキリという。「こちらからは便りを出してますけどね」塚田は淋しそうだ。

組合の人たちは、宇都宮市でときどき集まっているが、いまの塚田にとっては、遠すぎてなかなか会えない。

会いたいのだろうか?

「会いたいですよー」そういうと、突然塚田の目は涙でいっぱいになった。「ごめんなさい。急に仲間のことを思い出しちゃって……」

塚田が栃木新聞を愛してるというのは、仕事とその仲間を愛してるということなのだ。

インド旅行でガンジス川に入った時のことをこう書いている。

靴を脱ぎ、衣服をとってパンツひとつの裸になる。そろりと足をおろす。川面はなま暖かく水というよりスープのようだ。（中略）自殺者か子どもなのか、布に包まれた焼かれない遺体が近くに流れ着いている。特別なことは何も感じない。生きてる僕と死んだ人。その差はわずか、流れる水のあいだだけ。（中略）しばらくして、持参の豆絞りの手ぬぐい、団結はちまきを広げて川面に流す。ぽかり、と一瞬浮かんで、「新聞労連・栃木新聞労働組合」の文字を見せていた手ぬぐいは、下流側に向かってするりと沈んでいく。あっという間に見えなくなる。あっけなさに、ぼんやりとしてしまう。自分なりの納得の仕方をしたかったけど、気持ちはまだ残っている。

いまはもうない新聞、動かない輪転機、ほこりのかぶった原稿用紙。たかが私企業なのに、どうしてこんなに愛着があるのだろう。

脇田正三郎（六十八歳）。社長。

栃木新聞社の社長だった脇田の家を訪ねた。夜の八時。玄関脇のインターフォンを押すと、年老いた女性の声が答えた。脇田の妻だ。二階にいるのだが、体が悪くて一階に降りて行けない、家にはいま誰もいないのだという。

脇田に面会依頼の手紙を出したのだが、と私がいうと、手紙は自分が読んだ、しかし、脇田は読んでいない、肝臓が悪くて入院していて、手紙も読めないほどなのだという。

争議の頃から体を壊し、ずっと入院生活をしているのだった。

それ以上玄関先で話すわけにはいかなかった。

「どうぞ、お大事に」といってインターフォンを切った。

私は家の周りを歩いてみた。二階建ての大きな家だ。窓に明かりがない。妻がいるはずの二階の窓も真っ暗だった。


ここに書いた人以外にも、二十三人の人に話を聞いた。

再就職で希望がかなったのは二十代の人たちだけだった。二十代の人の中には、試験を受けて他の新聞社に入った人もいる。三十代以上は希望の職種に就くことができていない。何度試験を受けても採用されない。結局、生活費を得るためには何でもしなければならず、パート労働や派遣社員や自営業者になっている人が多い。不安定だ。

会社が倒産してよいことはない。社員にも経営者にもよいことはほとんどない。

社員の多くが、栃木新聞社で働けたことを幸せだったと感じている。

好きな仕事ができ、仲間を信頼できて、会社を愛せることがどんなにすばらしいことかがよくわかった。失ってはじめてわかることがたくさんある。

塚田の話を聞いて、会社なんて生活費を稼ぐだけの場所さ、なんてたかをくったことをいいたくないいなと私は思った。私は彼の言葉に心打たれたのだ。

「たかが私企業なのに、どうしてこんなに愛着があるのだろう」

キャッチ・セールス

渋谷駅ハチ公前のスクランブル交差点。行く人々と帰る人々が接近し、交差する。まるで砂浜に寄せる波と引く波がぶつかり合い、互いの下にもぐりこんでいくかのようだ。この交差点を渡る人の数は一日平均約二十七万人。その多くが若者だ。彼らはお洒落《しゃれ》な街、渋谷にあこがれてやってくる。そして、この街に住みつく若者もいる。

交差点を渡った若者たちの多くはセンター街に入る。道幅いっぱいを若者たちが移動していく。センター街からいくつかの路地がのびていて、階段状の狭い坂道がある。スペイン坂だ。若い女性たちが上っていく。坂を上りきったT字路の正面にパルコ。そのT字の横棒の道を先ほどから三人の青年がそれぞれ右に左に走り回っている。女性の後を追いかけて声をかけ、断られるとすぐに別の女性を追いかける。幅三メートル、長さ十メートル程度の空間を三人は右に左に休むことなく走り回っている。まるで、実験装置に入れられ電流を流されたハツカネズミだ。

三月末の日曜日、午後四時。私は三人の青年のひとりに声をかけた。

「いま、仕事中なんだけど」彼はこわい顔で私をにらんだ。

「すみません。仕事終わってからでいいんですけど、ちょっとお話を聞かせてもらえませんか?」私はビビりながらきいた。

「わかった。八時半にここで待ってて」

「ハイ。それまで仕事してる様子を見ててていいですか?」

「いいよ」

青年の名は出原《いではら》ひとし。三人の中では一番年上で二十三歳だ。青年たちは三人とも陽焼けした顔をし、長い髪を脱色し、黒っぽい服を着ている。出原の黒のオーバーコートは丈が長い。その下から出ている黒いズボンは裾《すそ》がビリビリにすり切れていて、糸が垂《た》れ下がっている。一日中歩き回っているせいなのだろう。

「スイマセン。学生さん?」

そういいながら、出原は二人連れの女性の正面に回るとニコッと笑顔をつくり、両手を敬礼するように額にあてて、体を斜め横に曲げる。女性たちは不快な顔をして彼を避ける。

「ねえ、ねえ、ねえ」出原はその女性たちの横に並んで歩く。三メートル追ったところであきらめる。「アホ、死ね」彼はつぶやく。次の二人連れを探す。すぐに見つけると走っていって女性の前に立つ。ニッコリ笑顔になり、両手を額に持っていく。「スイマセン。学生さん？」女性の二人連れは走って逃げる。出原はブスッと怒った顔になり「ふざけんな、コノヤロー」とつぶやく。そういいながらすぐに次の女性たちを見つけて走っていく。笑顔＋両手敬礼「スイマセン。学生さん？」女性たちは逃げる。出原はこわい顔になる。表情がクルクル変わる。走り回り、笑顔をつくり、断られ、怒り、つぶやき……その繰り返し。

出原の仕事が終わり、飲み屋に行って彼の話を聞いた。まず、「キャッチ・セールス」とはどんなことをするものなのかを教えてもらった。

女性に声をかけ、アンケートに答えて下さいといって、ビルに連れていき、女性のカウンセラーのいるカウンターに座らせる。カウンセラーはアンケートをとりながら、美容の話をして、化粧品や美顔器などを売りつける。だいたい二十五万円から五十万円の商品で、ローンを組むことを勧める。うまくいくとそこで仮契約をする。ローン会社が契約書を送り当人が印鑑を押すと正式契約となる。ここではじめて出原の取り分が発生するのだ。契約金額の約七パーセント。二十五万円の契約額で一万七千円くらいだ。

カウンターで仮契約をしてもその半分があとで断ってくる。出原が十人連れていったとして、仮契約できるのが四人くらい。さらに、正式契約になるのは二人程度だ。実際、一日にカウンターまで連れていけるのが十人なら多い方で、一人も連れていけない日さえある。

昼の一時から夜の八時まで働きつづける。カウンセラーは五人いて、客を連れていってカウンターをいっぱいにしたら、はじめて出原たちの休憩時間となる。

渋谷はキャッチ・セールスの激戦区だ。駅から、出原のいるスペイン坂までの間に別の会社の男たちが何人もいて、それを避けてきた女性たちをキャッチしなければならないからだ。それならば、もっと駅の近くでキャッチすればいいようなものだが、それぞれの縄張りが決まっていて、月七万程度の所場代を会社がヤクザに払っている。また、キャッチ・セールスの対象がローンの支払い能力のある社会人でなければならないのに対して、渋谷に来る若者には学生や無職の人が多い。まず社会人を選ばなければならない。そんなわけで、キャッチ・セールスの最初のひとことは決まっている。

「学生さん？」

出原は二人組の女性を追いかけている。女性たちが出原を無視して歩いていく。出原は左手に持っている缶コーヒーを飲み、右手に持っているタバコを吸う。三月末だが、まだ風が冷たい。

スペイン坂をブルーのコートとベージュのコートの二人連れの女性が長い髪をなびかせて

上ってくる。出原は缶コーヒーを道路の隅に置くと、女性たちが坂を上ったところで、二人の正面に立つ。両手を額にあてて、ニコッとする。

「スイマセン。学生さん？」

ブルーのコートの女性が出原をにらむと大きな声を出した。

「ウッセンダヨ。バカヤロー」


出原は埼玉県の奥の方の小さな町に住んでいた。中学生の時に、不良になった方が女の子にもてると思い、不良グループに近づいた。髪をパンチパーマにして、大宮や浦和をグループを組んで歩いた。両親は離婚し、母親がひとりで出原と弟を育てていた。中学卒業後、就職したが、なかなか職が定まらずに転職を繰り返す。半年の間に六回職場を替えた。その後、先輩の紹介で建設現場の型枠専門の作業員になった。四年間続き信頼され、現場責任者になるが、設計変更によるトラブルがあって、彼は逃げるようにして辞めた。街に出てシンナーを吸ってフラフラしていた。

「精神的に弱いところがあって、逃避してたんです」と出原はいう。

赤羽駅のロータリーに座りこんでいる時にＡＶ女優のスカウトをしている男と知り合い、渋谷でキャッチ・セールスをやらないかと誘われた。

「前に渋谷に遊びに行って、キャッチやってる男を見たことがあるんです」と出原は懐かしそうに話す。「ああ、これがシブヤ系だなと思いましたね。こいつらぜったいに女の子と遊んでるんだろうなと」

しばらくしてから、スカウトの男に電話をかけ、仕事を紹介してほしいと頼んだ。出原は心機一転やり直すんだという気持ちになっていた。

「渋谷で働けると思うとね、なんかうれしかったですね」

キャッチ・セールスをやってる男性のほとんどが地方出身者で、大都会の渋谷で働いていることを誇りに思っている。

「女の子に声かけて、しゃべって、最初は楽しかったんですよ」と出原は笑いながら話す。「ナンパの延長線で連れていけばどうにかなっちゃうんじゃないかな、みたいな。でも、毎日やってればね。ぜんぜん楽しくなくなる。だいたい、このへん歩いてる女なんてどうしようもないヤツばっかだし……」

出原は見方によっては毎日毎日、都会の女性にバカにされつづけているようなものだ。

「まず、女の子に声をかけて、シカトされるの、こんなのはもうつらくないんですけど、ボクがスッゴイ一生懸命やってて契約がとれなかった時とか、たとえば、必死こいてやってて、必死こくんですよ。一生懸命声かけてて、上でカウンセラーの女の子が待ってるじゃないですか、タッチして、十五組、十六組連れていってもダメだった時とか、それで落ちこみながらまた降りていくんです。カウンセラーの女の子があいた時はボクたちが埋める番ですから、それがボクらの仕事ですから、今度もっともっと埋めてガンバローって思った時に、声かけた時に、こんな（シッ、シッというような感じで手を振る）ふうにやられたりとか、走って逃げられたり、バカヤローっていわれたり、ゴキブリ見つけた時みたいに『キャーッ』とかいって壁にはりついたり、この仕事、肉体的にもきついけど、それよりももっと精神的にきついんですよ」そういうと出原はビールをグイッと飲んだ。「いまはもう、女に声をかけてるという感覚では声かけてないですよ。金っていったらおかしいけど、自分の食い扶持《ぶち》っていうか、そういう感じでしか声かけてないから」

ショートヘアの二人連れの女性が出原の話を聞きだした。やせている方の女性が出原の顔を見ているのに対して、太っている方の女性はそっぽを向いている。

「いまね、お店の宣伝やってるんです。GAP《ギャップ》さんの（出原はGAPのビルを指差す）隣の五階にあるお店の宣伝やってるんです」出原は首から下げている写真のファイルを示す。「このサロンがリニューアルオープンしたんで、みなさんに名前と場所覚えてもらおうっていうキャンペーンで、ボク、バイトで雇われた店員です。こんにちは」出原はニコニコ笑って二人の女性の顔を見ている。「ボクは二十三だけど、おいくつですか？」二人の女性は答えない。二人が歩きだそうとすると、出原はその方向に体を入れて、ファイルの裏面を見せる。「今、ファッション雑誌から好きな髪型とか、十二個だけまるつけてもらってるんです。まるつけてくれなくったっていいんです。プレゼントお礼に配って、いったんお店の名前と場所覚えてもらうっていうキャンペーンやってるんですよ」太っている女性の方を出原は見る。

「お姉さん顔こわばってるけど、住所とか電話番号とか書くとこないから、あそこらへんとかでやってるわけのわかんないアンケートとは違うんですよ。たぶん、女性の方だけで歩いてるから、買い物とか食事とか、行きたいところいろいろあると思うんですけど、ありますよね？」

「ええ」やせた方の女性が答える。

「でもね、お店まで歩いて十五秒です。アンケートも時間のかかるものじゃないんです。お姉さんたちの買い物とか食事とかのじゃまになるほどじゃないので、アンケートに協力して下さい」そういうと出原は手を合わせて二人を拝む。二人はちょっと困ったように笑う。

「住所、電話番号書くとこないし、名前は書くとこあるんだけど、下の名前とか、お姉さんが良子《よしこ》だったらよっちゃんでもいいし、別にリーダーって書いてもいいですけどね」

「なんで私がリーダーなんですか？」太った方の女性がきく。

「いや、お姉さんね、ちょっと一歩前に出てね、私についてこいみたいな感じで、彼女を引っぱってるでしょう」女性二人は笑いだす。

「すぐそこですから」出原は歩きはじめる。少し遅れて女性たちがついていく。歩きながら出原はしゃべりつづける。「プレゼントなんてたいしたもんじゃないけど、ティッシュじゃないし、かといって、荷物になるようなもんじゃないし……」

三人はビルに入っていく。一分もしないで、出原だけ出てくる。

彼は歌を口ずさんでいる。

♪いつでも君の笑顔に揺れて
太陽のように強く咲いていたい
胸が　痛くて　痛くて　壊れそうだから
かなわぬ想いなら　せめて枯れたい！

（ｈｙｄｅ作詞、L'Arc~en~Ciel「flower」）

「ボクのノリのトークっていうのがあるんです。それをやってついてこないヤツはいないんですけどね」出原の顔がビールを飲んで赤くなっている。

仮契約がとれた時のことをききはじめたら、彼は雄弁になった。

「やっぱここじゃないですか」と出原は自分の心臓を手で押さえた。「自分のテンションを下げないようにするんです。ボクの場合ラルク・アン・シエルを歌うと、だんだんテンションが高くなってくるんです」

「キャッチ・セールスって詐欺じゃないですか？」私がきく。

「違いますよ」出原はキッとなる。「ボクらいっさい嘘《うそ》はついてないですよ。それにお客さんが解約したいっていえば、すぐ解約になるんですから」

出原がこの仕事を始めてから二年たつが、その間一度も実家に帰っていない。

「母親にはどんな仕事をしてるっていってるんですか？」私がきく。

「車の工場で働いてるって」出原はタバコを灰皿に押しつけて消した。

「どうして本当のことをいわないんですか？」

「やっぱり、キャッチやってるって知ったら悲しむと思うんですよ。母ちゃんにこれ以上心配かけたくないんです」

長い髪を後ろでまとめて黒いコートを着ている女性と、短い髪でベージュのセーターを着ている女性の二人連れが横の道を歩いてくる。だいぶ前から出原は知り合いのように手を振って笑いかけている。「スミマセン。学生さん？」二人連れは出原を完全に無視。うつむいたまま通り抜ける。

「今日ぜんぜんダメだな」出原は泣きそうな顔になっている。「やべーよ」天を仰いでひとりごとをいう。見上げた正面はパルコの壁面、鈴木あみの大きな顔写真、小さな文字のコピー「……スマイル！」

「月収はどのくらいですか？」私がきく。

「五十万は下らないように努力してますね」出原が答える。

五十万円稼いでも、貯金はゼロ。何に使うのかときいたら、酒を飲むのだという。

「キャバクラとか行って、ワッとさわぎたくなるんですよ。この仕事ストレスがたまるから」と出原はいう。

必死になって稼いだ金を全部使ってしまう。将来のことを考えているのだろうか？

「もちろん考えてますよ」出原は怒ったように答える。

将来はキャッチ・セールスの人間を使う側になるのだという。

「キャッチやるヤツとかカウンセラーをやる女の子を何人かつかんでいれば、金を出すっていうオーナーがいっぱいいるんです。うちの社長も部長もみんなそうやってのし上がったんです。以前はみんなキャッチやってたんです」出原はビールの瓶《びん》を手にとると私のグラスに注いだ。

「へーえ」

感心する私の顔をジッと見てから、出原はニコッと笑うとこういった。

「学歴が関係ない世界ってあるんですよ」


出原は携帯電話を耳にあてて話をしている。かたわらをアイスクリームを手にした二人の女性が歩いている。

「ふざけんなオマエ、このヤロー」突然、出原が大きな声を出す。周辺にいる人たちが振り返る。アイスクリームの女性たちはあわてて坂を下っていく。

出原は走ってビルに入っていく。

十分後、出原がビルからトボトボ出てくる。彼は空を見上げている。コートの袖《そで》を目にあてている。泣いているのだ。

「今日、泣いてたでしょう?」私がきいた。

「ええ、泣いてました」出原が照れたように笑う。

「何があったんですか？」

「何組連れていってもカウンセラーの子が契約に結びつけないから、ボクがキレたんです。普通、契約とれなかったら、カウンセラーの子から携帯にかかってくるんです。『せっかく連れてきてくれたのに契約とれませんでした。ごめんなさい。次、お願いします』って。だけど、今日の佐藤純子は電話してこないんで、携帯で怒鳴っちゃったんです。そしたら、部長に呼ばれて、オマエに力があるのは知ってるけど、カウンセラーを育てることも考えろって」

「叱《しか》られたんだ」

「叱られたっていうか、部長はボクをはげましてくれるんですよ。ボク、部長を尊敬してるんです」出原の表情は真剣だ。その部長は二十七歳だという。

「部長はあなたに何ていってはげますんですか？」

「『ハッキリいって、社長はオマエの力を武器にしてるし、オマエがいなくちゃ困るんだよ。でもこういうことがあるとオマエに対してマイナスになってくるし、だから、オレはオマエがこういうことやるたびに何回でもいってあげる。見捨てない。何回でもいってやるから、キレそうになったら、いまのオレの言葉思い出せ』って、そういわれて、考え直そうと思って、ビルの前でボクは泣いてたんです。それぐらいボクはこの仕事に真剣なんです」

飲み屋を出て、出原と私は渋谷駅に向かって歩いている。夜の十二時。たくさんの若者たちがおしゃべりしながら歩いている。

「この中にいっぱい、女はナンパされたり、男はケンカしたり、いろいろしてるけど、ぜーんぶ意味ない」出原は吐き捨てるようにいう。

彼は渋谷を歩いている男や女が嫌いなのだ。

「キャッチ・セールスの仕事好き？」私がきく。

「嫌いですよ。でもボクみたいな中卒がいまぐらい稼げるとしたら、こういう仕事しかないんです」

私たちは渋谷駅前の交差点に立っている。周りじゅう若者たちでいっぱいだ。

「埼玉にいた頃ォ」出原が語尾を上げていう。「シブヤ系ってもてるんだろうなってあこがれてたみたいに、いまのボクたちを見て、あこがれるヤツもいるんだろうなと思うとね、渋谷で働いてるのちょっとイイかなと思う時もありますね」

信号が変わり、私たちは渡る。大勢の人間がゾロゾロと駅に向かっていく。

「渋谷で同じような仕事やってる人はだいたい顔見知りなの？」私がきく。

「ええ。ボクは他の会社のキャッチやってるヤツとも遊ぶからだいたい知ってる。みんな中卒とか高校中退だけど、必死で働いてる。いいヤツもいればバカもいるけど」

駅前広場を歩いている時、屋台の雑誌売場に立っている男を出原が指差す。

「あいつ、ＡＶのスカウト」

「へーえ」私が答える。出原はつかつかと男の方へ歩いていく。コートを着た一見サラリーマンふうの男が、いま買ったばかりの週刊誌を手にして振り向く。私は少し遅れて出原に追いつく。

「いま、雑誌の取材を受けたんですよ」出原が男に私を紹介するようにいった。

男は鋭い目をして私をにらんだ。

「何でもペラペラしゃべったんじゃないだろうな。シゲもこの前雑誌にしゃべってヤバイことになったんだからな」男がいう。

「大丈夫ですよ」出原が愛想笑いをする。

私はまずいことになりそうな気がしたので、

「じゃ、今日はどうもありがとうございました」と出原にいって、その場を去った。

いったん去ってから、もう一度遠くから出原の様子をうかがった。ＡＶのスカウトはいなくなっている。出原は雑踏の中でひとり携帯電話をかけている。大声で楽しそうに話しているのがわかる。すると、同じように携帯をかけている男が近づいてくる。脱色した長い髪、陽焼けした顔をしている。二人は近づくと笑った。二人は連れだって、商店街の方へ行く。出原がさかんに話しかけている。交差点を渡る二人の足取りがはずんでいる。

渋谷の街を歩く出原は生き生きとしている。渋谷は彼のホームグラウンドなのだ。

大晦日

十二月三十一日。湯村昭彦（四十六歳）は絵を描いている。イーゼルに立てたカンバスの上に色を塗る。しばらく眺《なが》める。別の色を塗る。眺める。その繰り返し。午後一時頃から描きはじめて、もう午後の八時になる。

湯村昭彦は印刷会社の営業部員だが、一方で画家でもある。現代美術展に入選し、現代美術協会の会員になっている。三年に一回は個展を開く。絵だけで生活できるようになることが彼の夢だ。

ここ数年、大晦日《おおみそか》は絵を描いて過ごしている。しかし、それは彼が絵を描くことが何より好きだからというわけではない。

ひとり暮らしの湯村昭彦は大掃除をしないし、おせち料理も作らない。年越しそばも食べないし、「NHK紅白歌合戦」も見ない。ただ、絵を描いている。しかしそれが大晦日の楽しい過ごし方だと思っているわけではない。

湯村昭彦は筆を置くと、布で手を拭《ふ》く。冷蔵庫から缶ビールを取り出し、オイルサーディンの缶詰を開ける。テーブルにつき、ビールを飲んでから、ひとつ大きなため息をついた。机の上に置いてある木津川紀子の写真が目に留《と》まったからだ。太い眉《まゆ》、二重まぶたの大きな目、細い鼻筋、薄い唇、外国人のようにクッキリした顔立ち。

彼はグラスにビールを注ぎながら、ふたたび大きなため息をついた。

湯村昭彦は四十歳の時に、三十二歳の木津川紀子と知り合った。PR誌のライターをしていた彼女が、彼の個展会場を取材に来て絵を買ったからだ。彼はひと目で彼女が気に入り、食事に誘った。

会話がはずんだ。絵から映画、映画から文学、そして生き方やそれぞれの恋愛についての話になった。話の間中、湯村昭彦は〈楽しいな〉と感じつづけていた。これほど気の合う人がいることに驚いていたのだ。そして食後のコーヒーを飲んでいる時に、

「つき合ってくれませんか？」と湯村昭彦はいった。その時、妻の存在は頭になかった。

「友だちとして？　恋人として？」木津川紀子がきき返した。

「さあ、つき合ってみないとわかりません」湯村昭彦は答えた。

「いいですよ」彼女はいった。木津川紀子は夫と小学校一年生の息子の存在を忘れていた。

こうして二人はつき合いだした。もちろん恋人として。

一年後、湯村昭彦は妻に告白して、離婚する。彼は木津川紀子にも離婚してほしいと思った。

「息子が高校生になるまで待って下さい」彼女がいった。「どんなに夫婦仲が悪くても、子どもにとっては実父実母が一番大切だと思うの」

子どもの身になって考えると、がまんするしかないなと湯村昭彦は思った。

そう思ったのが五年前のことで、彼女の息子は中学校一年生になり、彼女は三十八歳になった。

湯村昭彦にとってひとり暮らしは淋しかった。とくに食事の時がイヤで、テレビを相手に食事をしている時も、レストランで外食している時も、わびしくて仕方がなかった。その五年の間に湯村昭彦は何人かの女性と出会い、デートをした。しかし、木津川紀子ほど気の合う相手はいなかった。

木津川紀子は、夫と息子が寝てから毎晩、湯村昭彦に電話をかけてくる。さらに月に二回は取材だと夫に嘘《うそ》をついて、彼のアパートに泊まりに来る。夫との性生活はない。夫は月の半分を出張している。おそらく恋人がいるのに違いないと木津川紀子はいう。

彼女は毎年、クリスマスの後の数日間を湯村昭彦と過ごし、大晦日から正月を家族で旅行に行くことにしている。

今年も二十九日から九日間ヨーロッパ旅行に出かけている。

湯村昭彦は彼女が家族三人で旅行していると思うと、嫉妬《しっと》で胸が張り裂けそうになる。だから考えないようにして、大晦日にはいつも絵を描いているのだ。


電話が鳴った。

湯村昭彦は受話器を取る。

「もしもし、アキおじちゃん?」妹の息子、晋一の声だ。

「はい。晋一かい?」

「うん。いま、おじいちゃんち。アキおじちゃん、二日に来るんでしょう?」

「行くよ」

「そしたらね、ウノもってきてくれない? 僕、家に忘れてきちゃったんだよ」

「わかった」

「ちょっと待って、おばあちゃんと替わる」

「二日に来るんでしょう?」母親の声だ。

「そのつもりだけど」

「ひとりでどうしてるの?」

「絵を描いてんだよ。もうすぐ個展だからさ」

「そう。たいへんだね。おちびさんたちがおじさんとゲームするって待ってるから早く来なさいね」

「はいはい」

電話の向こうで、妹の二人の子どもたちが騒ぐ声とテレビの音が響いている。

受話器を置いたとたん、自分の部屋がしんとしていることに気づく。

子どもたちのはしゃぐ声。大人たちの何気ない会話。

〈家族ってなんていいものだろう〉

湯村昭彦は子どもの頃の大晦日を思い出した。

父が玄関を掃除し、門松を取りつける。母は朝からおせち料理を作っている。料理の熱と湿気で部屋の中はシットリしている。子どもは自分の部屋を片づけると、順番に風呂に入る。風呂から出るとテレビを見る。料理が終わり、風呂に入った母があがってくると、みんなでおせち料理のいくつかを食べはじめる。父はビールを飲む。テレビでは「ＮＨＫ紅白歌合戦」が始まっている。

〈ああ、家族のだんらんってよかったなー〉と湯村昭彦は思う。

〈どうして、自分には家族がつくれなかったんだろう〉

彼は声を出して泣きたいような気持ちになっている。

「夫婦って何なのかしら？」木津川紀子がいう。「どうして結婚して夫婦になると愛が冷めるのかしら？　私の周りでも十年以上結婚していて、愛し合ってる夫婦なんてすごく少ない。子どもがいるから夫婦続けてる人たちばっかり」

「僕たちが夫婦になっても、十年たてばやっぱり愛は冷める？」湯村昭彦がきく。

「たぶん。だから、いまが一番幸せなのよ」木津川紀子がいう。

二人はベッドの中で、何度となくこんな会話を繰り返している。

「ほとんどの男は結婚すると、そばにいてくれさえすればいい、って感じになるのよ。あなたもそうでしょう？」木津川紀子がいう。

「そうかもしれない。毎日毎日そばにいればね、いちいち『愛してる』なんて感じないかもしれない」湯村昭彦が答える。

「私はいつも、『愛してるウ』って感じで暮らしたいの。だから、夫婦にならない方がいいのかもしれない」

「でも、夫婦になって、五十代、六十代、七十代って一緒にいることが、深い愛情を育てることになると思うんだけど」

「歳《とし》とればね、それはいいかもしれないけど、私は今のことをいってるのよ」木津川紀子は腕を伸ばすと自分の両手を見つめている。

「僕とは結婚したくないってこと？」湯村昭彦はむっとしている。

「違うわよ。結婚したい。毎日一緒に暮らしたいわよ。でも、一緒に暮らしたら、あなたはいまのように私を愛してはくれないのよ」木津川紀子は彼の顔をジッと見ている。

〈彼女の求めているものと自分の求めているものは違っているのかもしれない〉湯村昭彦は思う。〈彼女はいま手元に結婚生活があるから恋愛のみを望んでいる。自分は結婚して家庭をつくることを望んでいる。それなら、他の女性を求めればいいのかもしれない。しかし、木津川紀子ほど好きな女性はいない。ああ、なぜ夫と子どものいる女性と恋をしてしまったのだろう〉

　彼は自分の軽率さと不運を考えると思わずため息が出るのだった。

　湯村昭彦は台所に行くと、午前中に作っておいたポトフを火にかけて温める。冷蔵庫から氷を取り出しグラスに入れて、ウィスキーを注ぐ。

〈自分がこんな淋しい思いをしているのに、彼女はきっと今頃、ルーブル美術館の中を歩いたり、ノートルダム寺院のステンドグラスを見上げたり、ライトアップされたシャンゼリゼ

通りにたたずんでいたりするのに違いない。子どもと夫の三人で〉

彼はウィスキーをぐいと飲む。

〈ああ、もういい。彼女のことなんか忘れよう〉

テレビのリモコンを手にするとスイッチを入れる。

「ワーッ」という人々の歓声が飛び出してくる。「紅白歌合戦」の勝敗が決まったところだ。

突然の音に驚いて、湯村昭彦は音量を下げる。

女性司会者が泣いている。歌手たちが抱き合っている。

彼は立ち上がると、バッグからアドレス帳を取り出す。電話の子機をテーブルの上に置く。

三杯目のウィスキーを飲みながら、アドレス帳を繰っていく。「あ」の欄から「か」へ、「か」から「さ」へ。

〈佐々木由起子。こんな時間に電話をかけたら、驚くかな、たぶん、恋人と過ごしてるだろうし、迷惑だろうな〉

テレビからは小さく「蛍の光」のメロディーが流れてくる。

「た」から「な」へ。

〈奈良恵子。彼女ならひとり暮らしだし、ちょっとぐらい話ができるかもしれない〉

湯村昭彦は立ち上がると、机の上の木津川紀子の写真を伏せる。そして、受話器を手にする。

〈こんな時に電話だなんて、いかにも淋しげだな。でも、誰かと話をしたい〉

受話器を手にしたまま彼はしばらく迷っている。

テレビは深夜の初詣《はつもうで》の様子を中継している。神社の境内に押し合いへし合いの群衆。口々に吐く息が白い。

〈淋しくなって、他の女に電話をかけたと知ったら、紀子は悲しむに違いない。彼女を悲しませたくない。彼女を愛することは、自分で選びとった道だ〉

湯村昭彦は受話器を置くと、アドレス帳をパタンと閉じた。

ゴーン……。

窓の外から鐘の音が聞こえる。近くの神社からだ。

湯村昭彦はテレビを消し、部屋の電気を消した。ベランダに出ると神社の方を見た。神社の森が下からのライトに浮かんでいる。

ゴーン……。

冬の夜空には、筆からはねて飛び散った絵の具のように点々と星が輝いている。

ルルルルル……ルルルルル……。

電話が鳴っている。

湯村昭彦はあわてて部屋に入ると受話器を取る。

「起きてた？」木津川紀子の声だ。

「うん。いまどこから？」湯村昭彦がきく。

「パリのホテル」

湯村昭彦は電話をかけながら、机の上の写真立てを起こした。

あとがき

一九八〇年代、私はちょっとした挫折を体験した。その体験から逃れるように、私は部屋に閉じこもり、本を通してひとりの哲学者と対話を続けた。日々、対話の記録を書くことが私を支えた。記録は『「普通の人」の哲学』（毎日新聞社）という私の一冊目の本になった。

九〇年代のなかばになって、私は部屋に閉じこもっていた頃の経験を振り返ってみた。すると、私が考えていきたいテーマがハッキリと見えてきた。言葉にするとこうなる。

「つらいことや悲しいことがあり、自分を道端にころがっている小石のように感じる時、人は自分をどのように支えるのか？」

何人もの人に会い、話を聞いた。それを『友がみな我よりえらく見える日は』という本にしてもらった。発表後、たくさんの人が感想をくれた。哲学者は誉《ほ》めてくれた。

私はこのテーマとこのスタイルで文章を書いていこうと決めた。

それから三年、再び多くの人に会い、話を聞き、行動をともにした。

取材していくうちに、今回はつらい場面の描写だけではなく、それを乗り越えた瞬間にパッと輝く喜びの表情を記録したいと思うようになった。「いま、大阪に向かってる新幹線の中です。近鉄からコーチになってくれっていわれたんですよ」という小野さんのはずんだ電話の声（「復讐のマウンド」）。「同じ趣味の人に招待されてアメリカに行ってきました！」という牧瀬さんのメール（「わたしはリカちゃん」）。しばらくぶりに会った市川さんが「仕事が決まりました」といった時の笑顔（「我にはたらく仕事あれ」）。

それぞれが私の中に、朝日のようなさわやかな印象を残したからだ。

そんなわけで、本書の題名は『喜びは悲しみのあとに』。キャロル・キングの歌「ビター・ウィズ・ザ・スウィート」の邦題だ。上手な題だと思う。どなたが訳したのかはわからないが、もしわかったらお礼をいいたい。本書の編集者、志儀保博さんも気に入って、歌詞を訳してくれた。ありがとう。

私はこれからも、こういうルポルタージュ・コラムを書きつづけていきたいと思っている。心にグッとくる出来事がありましたら、ご一報下さい（メールアドレス uehara@t.email.ne.jp）。

一九九九年九月

上原　隆

文庫版のためのあとがき

ある日、恋人に怒られた。彼女が仕事のことで悩んでいたのに、私の答えがおざなりで、親身ではなかったというのだ。

友人からも批判された。会社から希望退職の話があったという電話が昼間にあり、その日の夕方に飲みに行かないかという誘いがあった。「わるい、ちょっと用事があって」と私はことわった。昼間のことは忘れていたのだ。

次の日も誘いの電話があったが、たまたま用事があり、ことわった。しばらく日を置いて会った時に、「上原さんはぜんぜん人の気持ちがわかってない人だね」といわれた。

さらに、友人夫婦と私と私の恋人の四人で食事をすることになり、その時に総攻撃をうけた。

「本では人の気持ちがわかるようなことを書いているけど、本当はこの人ぜんぜんなのよ」と恋人。

「だから、上原さん友だちができないんだと思う。僕が見捨てたら、友だちひとりもいなくなっちゃうんでしょう」と友人。

「仕方がないわよ。上原さんは自分が一番好きなんだから、ね」と友人の妻がなぐさめるような口調で、一番きついことをいった。

私は落ち込んだ。自分はどうしようもなく鈍い人間なんだろうか。私は自分のことで精一杯だから、毎日つき合っている人に思いがいかないのかもしれない。

そういう私が人に話を聞きに行く。

自己破産した男性は、資金繰りで苦しんでいた日々を思い出して語る時に、アイスコーヒーの氷をストローで何度も何度もかき回していた。

好きな相手に告白の手紙を出して返事が来ないので不安になっている女性が、親指と人差し指で口の端を押さえて考え込んでいた。

夜間中学で小学生の算数の問題ととりくんでいる六九歳の男性は、真剣に考え込んでいる時に、口をとがらせていた。

私は対面した人のこんな仕種《しぐさ》にグッと来る。心打たれる。

取材の後に、原稿を書こうと思い、目を閉じると、相手の人の仕種や表情やいったことがハッキリと思い出されてくる。どうやら、思い出すという作用によってしか、私には人のことが考えられないのかもしれない。

私にとって、思い出すことは文章を書くことのとなりにある。


本書は、『友がみな我よりえらく見える日は』(幻冬舎アウトロー文庫)の続編である。同じ傾向のものを現在、幻冬舎のウェブマガジンに「リンカーンの医者の犬」として連載している。


解説を鶴見俊輔さんが書いてくださった。お会いした時は「鶴見さん」と呼ぶが、心では「鶴見先生」と思っている。

鶴見先生ありがとうございました。

鶴見さんを師と仰ぐ人はたくさんいる。私より少し年上のその人もそうだった。

小さな食事会で、お酒も入っていて、その人はスッと立ち上がると「鶴見さんのお葬式の時に歌おうと決めていたのですが、いま歌います」といった。

鶴見さんは笑っていた。

その人は「あ、あー」と音程をとってから、静かに「仰げば尊し」を歌いはじめた。

胸の前で両手を重ね、額にシワを寄せ、目をつむっていた。高くて細い、しかしよく透《とお》る歌声だった。

その表情を思い出すと鼻の奥がツンとなる。その人は二年前に亡くなった。師よりも先に。

二〇〇四年二月

上原　隆

解説——新しい日本人の肖像

鶴見俊輔

日本の歴史にはかつてなかった飽食と物の洪水の時代が、新しい人をつくったのだろう。新聞だけでなく、テレビで少年少女の犯罪の解説をたのまれている専門家を見ていても、私同様、よくわかっているとは思えない。

この五十年の日本には新しい潮流がある。それを、感じとしてわかっている人のひとりが、上原隆だ。

この人は、一九四九年うまれ。日本の歴史にとって空前の時代、高度成長という時代が一九五五年に始まったとすると、その中に育った世代だ。その彼が二十代の終わりに、それまで同時代の人びととおなじく愉快に上昇してゆくことを期待していた人生から、はずれて、暗い気分の日々が続いた。

「自分を道ばたにころがっている小石のように感じる時、人は自分をどのように支えるのか？」というテーマが、そのとき浮かんだ。

『友がみな我よりえらく見える日は』という人間観察のスケッチ集が書かれた。

やがて、彼が自分のものとした方法で、つらい場面をのりこえた瞬間の喜びの表情をスケッチするという次のテーマが浮かんだ。スケッチのつみかさねが、この本『喜びは悲しみのあとに』である。

渋谷駅ハチ公前のスクランブル交差点で、キャッチ・セールスをやっている二十三歳の青年。二人組の女性に声をかけ、アンケートに答えてください、と言ってビルにつれてゆく。そこで待っている女性のカウンセラーが、美容の話をして、二十五万円から五十万円の商品でローンを組むことをすすめる。

契約ができると、その金額の七パーセント、二十五万円の契約額で、キャッチ担当者の取り分は一万七千五百円。キャッチ担当者の収入は一ヶ月五十万円くらい。相当の収入と思われるが、それを彼は酒代に使う。貯金はない。彼の希望は、彼のように現場でキャッチをする人間を使う人になること。今の彼の上司は二十七歳で、やはり、現場の成績でそこに達した。これは、実力が認められる世界なのだ。彼には、彼自身の工夫した演技があり、それを彼は舞台やスクリーンの上でなく、実生活で続けている。しかし、彼の職業について故郷の母には教えない。表の世界は学歴社会だが、彼によると、「学歴が関係ない世界ってあるんですよ」。

実生活の中の自分の演技の向上。それが、地位の向上と結びつく。表世界での地位の向上とはちがって、事実を母親に伝えたくはないが、彼自身の内面にうしろめたさはない。

こう書いてくると、おなじハチ公前の広場に十四歳の放校された元中学生として、このあたりで自殺をはかり、交番につれてゆかれてなぐられた私の記憶がよみがえる。この中卒のキャッチ・セールスの青年ほどの生きがいを当時の私はもっていなかった。それにひきかえ、彼は彼なりに、努力をつみかさねてゆく内面の充実がある。

「六十八回目の恋愛」の三十五歳の女性は、好きだということなしにセックスをしたことはない。そして六十八回目も、相手が離れた。しかし、切れたときに悪口と笑いが同時にこみあげてきた。涙も。恋愛とセックスにこめられる悲劇喜劇の感覚に新しい世代の新しい価値観があるのではないか。

最初に置かれている「小さな喜びを糧に」は、この本に収められたスケッチのそれぞれに出会う心がまえを準備する。障害児とともに暮らした五十歳の父親の話である。妻が舌ガンになり、顎《あご》の下のリンパ腺《せん》に転移したとき、再度手術を受けて半年、家にいなかった。息子の世話を彼ひとりでした。

　父の自分とおなじものを息子は何でも食べる。かみくだいてやって、食後に一曲歌ってやって、ハイおやすみって、フトンの上にころがす。

「どういう歌を歌ったんですか？」私がきく。

「まあ、適当。最初、七つの子とか海とか童謡を歌ってたけど、私の方が飽きてくるでしょう。だから、早稲田の校歌とか人生劇場とか。でっかい声で、歌詞を間違えても適当に。インターナショナルも歌ったね。ハハハ」（中略）

　子どもに向かって、

♪起て、飢えたる者よ……

と歌っている打海（父親）を想像するとおかしかった。

「海」や「七つの子」からだけでなく、「インターナショナル」からも、彼は深い意味を引き出している。どういうふうに人間の歴史、生物の歴史はなってゆくのかわからないけれども、今までの哲学や歴史学の思いもよらない仕方で、存在の意味は汲《く》みとられる。

新しい意味は、高度成長のはてにおこった日本の新しい世代の中に、このような仕方であらわれる。それと取り組むさまざまの姿勢が、この本に、えがかれている。

この本の著者は、学生時代に共産主義と接触し、卒業後に短編映画（コマーシャル）の制作に加わり、同伴者とともにフェミニズムをくぐった。それぞれの時期が、著者の心に痕跡《こんせき》を残し、同時代の人への観察の方法を深めた。

ここにあるのは、長い年月を通して日本の伝統となった内省文学とはちがう、同時代の群像をとらえる記録文学である。

私は、自分のとらえることのできない同時代にかこまれていることを感じる。その同時代を、自分よりあざやかにうつす作品の系列がここにあることはうれしい。

この人の文章を読むのは、四冊目だ。この人は文章がうまい。これほどの文章を書く人は多くはない。ことに、売りものになる文章を書くところまで達した人は、そこでなんとなく、あとは、佞人《ねいじん》になる。へつらう人という意味だ。

だが、この人は、そういう人にならずに書き続けた。少し土地びいきになるかもしれないが、京都は、明治に入ってから中央政府と言論機関とに袖《そで》にされたので、それまで千年かけてつちかった社交術にかくして、佞人にならない個人思想術を発達させてきた。東京から来てさえ、四年間の大学生活の中で、その術《すべ》を身につける人もいる。この人は、そのひとりと思う。

この本の中でも、序の役割をする「小さな喜びを糧に」や、「我にはたらく仕事あれ」は、佞人にあふれた今日の日本の言論の中にあって光っている。

私は、五十年あまり、文章を書いて暮らしをたてていて、佞人の気風にまみれ、このことを、彼の文章を読んで恥じる。

私を支えるものは、自分の中に、もうひとりの自分をもっていることである。はじめは反射的に親と教師からはずれてゆく中で身につけた不良少年の気質であり、そのあとは、軍隊の中にいて、自分の皮膚一枚で自分を守るというおなじ気質だった。好運に助けられて私は人を殺さずに生きのびることができた。その後にあらわれた平和な日本というよそおいのもとで、この社会を信じることなく、佞人の身ぶりの裏に、戦時とおなじ自分を記憶から手放すことがなかった。

そのような読者として、私は、この人のこれまでの全著作にひきよせられる。

フランス人シャルル・ルイ・フィリップの『小さな町で』、イギリス人ジョージ・ギッシングの『ヘンリ・ライクロフトの私記』に通じる観察眼と文体がここにある。このことと思いあわせると、この人には、国境を越える見方がそなわっている。クリストファー・イシャウッドは、米国に移り住んだイギリス人だが、彼が若いころに書いた『さらばベルリン』は、映画「キャバレー」の原作となり、ナチス登場の時代のドイツをうつすカメラ・アイの方法を開発した。イシャウッドの作品では、むしろ彼のもっと淡い文体の所産である『キャサリーンとフランク』に近いかと思う。フィリップ、ギッシング、イシャウッドらは、その用いる言語を超えて私の好きな作家である。

全体主義とは無縁と思われた米国が全体主義に近づき、一度は全体主義から抜けだしたと思われた日本がふたたび全体主義に入りこむこの時代に、あきらかにこの現代日本の中から、時代を超えて、読者に呼びかける反全体主義の作品である。

この本を読んで、「エゴセントリック・プレディカメント」(Ego-centric Predicament)という言葉を思いだした。誰も、自分中心の視座から世界を見る状況から離れることはむずかしい。そのことは、しかし、共同の世界があることを否定しない。

私には入ってゆけない、一九五五年以後に成長した新しい日本人の中に、この人は、入ることができた。(二〇〇四年二月十四日)

――哲学者

この作品は一九九九年十二月小社より刊行されたものです。

幻冬舎文庫

●アウトロー文庫
友がみな我よりえらく見える日は
上原　隆

ホームレス同然の生活を送る芥川賞作家、五階から墜落し両目を失明した市役所員……人は劣等感に苛まれ深く傷ついたとき、どう自尊心をとりもどすのか。心があたたかくなるノンフィクション。

●最新刊
首
石月正広

若く妖艶な姉妹を追って森に入り、そこで首だけ出して落とし穴に埋められた浪人の不条理な恐怖を描いた傑作「首」ほか、懸命に生きる庶民の悲しさとおかしみを活写した異色の時代短編集。

●最新刊
神曲
Welcome to the Trance World
桜井亜美

君のために、僕は悪魔に魂を売った——。瀧宮嵐が本心をさらけ出せるのは、恋人である美虹ただ一人。だが美虹は脳腫瘍を患い、あと数カ月の命。嵐は美虹の運命を変えようと画策するが……。

●最新刊
fragile
桜井亜美
写真・蜷川実花

就職活動に失敗した燃美は、気分転換に訪れた香港で日本人の少年・涯に出会う。引きこもりだったという彼は、まだ誰も知らない才能を隠し持っていた……。蜷川実花の写真を多数収録。

●最新刊
恋愛生活　ダブルブッキング
真野朋子

「男が途切れたことのない女」と言われる雪乃(29)。突然未亡人になった今も、二人の男性と関係している。楽しく恋したいだけなのに、どこか寂しい女性の、エロティックで少し切ない物語。

GENTOSHA OUTLAW BUNKO

喜《よろこ》びは悲《かな》しみのあとに

上原隆《うえはらたかし》

平成16年3月10日　初版発行
平成23年11月1日　4版発行
発行人——石原正康
編集人——菊地朱雅子
発行所——株式会社幻冬舎
〒151-0051東京都渋谷区千駄ヶ谷4-9-7
電話　03(5411)6222(営業)
　　　03(5411)6211(編集)
振替00120-8-767643
印刷・製本—図書印刷株式会社
装丁者——高橋雅之

幻冬舎アウトロー文庫

ISBN4-344-40500-5　C0195　O-40-2